LAS TEORÍAS DEL DESARROLLO HUMANO

y sus Implicaciones Educativas

Segunda Edición

Dra. Evelyn Ortiz Hernández
Universidad de Puerto Rico en Carolina

Ortiz-Hernández, E. (2008). *Las teorías del desarrollo humano y sus implicaciones educativas* (1era ed.). EVY Impresos. Carolina, Puerto Rico.

Segunda Edición 2017

ISBN: 1-59608-538-1

Diseño de Portada:
Prof. Eunice Esquilín López

En Memoria

A mi mamá Lydia,
*por ser un ejemplo de fe,
luchadora y
trabajadora incansable.*

Agradecimiento

Quiero expresar mi más sincero agradecimiento a todas aquellas personas que de una forma u otra permitieron que este libro fuera una realidad. Ellos son: el Dr. Raúl Otero, la Dra. Irma Nydia Vázquez, la Dra. Mercy Soto, la Prof. Eunice Esquilín, el Sr. Felipe Rodríguez Fuentes y a mi hijo el Dr. Yoel Antonio Rojas - Ortiz.

Prólogo

Durante la primera década del siglo XXI han acaecido una serie de eventos conducentes a múltiples logros. Estos han sido analizados a la luz de todas las disciplinas del saber y el quehacer humano. Incluso han motivado la búsqueda de explicaciones significativas para los nuevos estilos de convivencia que han impactado a la sociedad. Como resultado de ese esfuerzo consciente por entender los cambios, surgen obras que explican la relación entre los planteamientos teóricos y la conducta humana.

El siglo anterior fue prolífero en planteamientos teóricos que impactaron la crianza, la educación y los estilos de vida en una sociedad gobernada por el desenfrenado avance industrial y tecnológico.

Esta obra presenta una recopilación de las teorías psicológicas que han impactado las técnicas de enseñanza-aprendizaje. La misma lleva al lector a un viaje intelectual a través del tiempo, donde convergen las ideas del asociacionismo y el aprendizaje, las teorías del desarrollo humano y las destrezas que deben desarrollarse durante diferentes etapas del ciclo vital, y la controversia entre el ambiente y genética en el proceso enseñanza –aprendizaje, entre otras.

Este libro de la educadora, la Dra. Evelyn Ortiz integra los conceptos psicológicos que impactan el desarrollo del aprendizaje y las técnicas de enseñaza. Es de gran utilidad para todo maestro consciente de la responsabilidad del impacto que produce su intervención en la vida de sus estudiantes. También brinda a los administradores de escuelas información útil para que propulsen un ambiente escolar integrado, para convertir la escuela en una comunidad de aprendizaje. Además encontrarán datos significativos que les ayudarán a la detección temprana de posibles áreas que requieran atención especializada para aumentar la posibilidad de éxito del niño.

Fermina Llenza Lugo Ph. D.

INDICE

Introducción

Las teorías de desarrollo son varias y tienen su aplicabilidad en el campo de la educación. Los maestros, así como los padres, deben conocerlas. El conocer estas teorías les permitirá tener un marco de referencia que les ayudará a entender y comprender mejor a sus hijos y estudiantes, respectivamente. Éstas son estructuras que nos orientan en cuanto a cuál es el comportamiento típico de los individuos en cada etapa o situación que se les presente. Nos ayuda a hacer un análisis cronológico y organizado del ser humano, visualizándolo como un todo y nos lleva conocer los diversos aspectos del desarrollo en los diferentes momentos de la vida. Estos aspectos se relacionan con el desarrollo físico e intelectual de la personalidad social y emocional. Estas teorías se refieren a edades promedio para que se den ciertos comportamientos. Todas esas edades promedio deben considerarse flexibles porque siempre hay sus excepciones a la norma establecida. El punto importante es saber que prácticamente todas las personas pasan por una secuencia de sucesos, aunque éstos pueden variar de persona a persona.

En este Manual aparecen las teorías de desarrollo más utilizadas en el proceso de enseñanza - aprendizaje. La discusión de las mismas es indispensable como parte de la formación del futuro maestro. En cada capítulo del Manual se presenta una teoría. En la primera parte del capítulo se encontrará de cada teoría lo siguiente: el exponente o los exponentes máximos, la idea central, la explicación, el diseño o las etapas involucradas, los principios y las críticas sobre la misma. La segunda parte consiste en las implicaciones educativas de la teoría incluyendo el rol del maestro, el rol del estudiante y su aplicabilidad en la educación.

Lo que se persigue con este Manual es que el estudiante, futuro maestro, pueda leer lo más importante de cada teoría de desarrollo y cómo contribuyen en el desarrollo de un educador y, finalmente, que pueda aplicar esta información en los ejercicios de práctica. De esta manera, podrá conocer la funcionalidad de la teoría en el campo de la educación.

Capítulo I: Las teorías

A. ¿ Qué son las teorías?

Una teoría es la explicación de las observaciones con respecto a un fenómeno de la naturaleza o del ser humano. Se puede definir también como un conjunto sistemático y organizado de enunciados destinados a explicar observaciones importantes (Lefrancois, 1999). Se caracteriza por lo siguiente:

- Refleja con exactitud los hechos.
- Se pueden entender porque es clara y comprensible.
- Ayuda a predecir lo que puede suceder en el futuro y explica lo que sucedió en el pasado.
- Se puede aplicar a situaciones reales.
- Su explicación de los fenómenos es lógica y congruente, no se contradice.
- Estimula a la reflexión.
- Fomenta la experimentación.

Los propósitos de toda teoría son: ofrecer una explicación, predecir lo que puede suceder, ayudar al control de los sucesos y dirigir investigaciones posteriores.

Cada una de las teorías pasan por un proceso conocido como método científico. En éste se formulan una o varias preguntas de investigación, luego se establecen las hipótesis o posibles respuestas a las preguntas para luego éstas dirijan la experimentación que conlleva unas observaciones que, finalmente, se denomina como **teoría**. Esta puede convertirse en una Ley si se prueba por muchos años y siempre se obtienen los mismos hallazgos.

B. Las teorías de desarrollo

Las teorías que se van a presentar en este Manual son aquellas que se relacionan con el desarrollo humano; es decir, que tienen que ver con los cambios que ocurren desde la concepción hasta la madurez, considerando los aspectos cognoscitivo, social y físico del ser humano. Hay que recalcar que si bien es cierto que son estructuras que nos ayudan a entender y comprender el comportamiento humano, también es cierto que existen las excepciones por lo que no son una camisa de fuerza la que nos ofrecen las mismas.

Cada teoría está sujeta a críticas positivas y negativas. Es por eso que tienen defensores, así como críticos apasionados según señala Papalia (2001) . Esta autora dice además que: "aunque algunos especialistas del desarrollo siguen firmemente la línea de un determinado cuerpo de pensamiento, la mayor parte de quienes estudian reflexivamente el desarrollo humano pueden encontrar en cada una de dichas teorías verdad suficiente como para explicar sólo una parte del desarrollo de las personas en un momento determinado". En este Manual sólo se presentará una visión breve de algunas teorías de desarrollo.

Las teorías que se van a discutir en este Manual son: las psicoanalíticas, las descriptivas, las conductistas, las sociales - cognoscitivas, las cognoscitivas, las biológicas, las de sistemas ecológicos y las humanistas.

Tabla I: Resumen de todos los Planteamientos de las teorías del desarrollo

Planteamientos	Teórico Representativo	Principales premisas	Términos claves
Psicoanalítico	Freud	El individuo es motivado por impulsos instintivos principalmente sexuales y agresivos.	Ello, yo, superyo, psicosexual, fijación, regresión.
	Erikson	El niño pasa por etapas de desarrollo resolviendo conflictos que surgen de la necesidad de adaptarse al entorno sociocultural.	Competencia, entorno social, crisis, tareas de desarrollo, psicosocial.
Descriptivo	Havighurst	El desarrollo consiste en una serie de tareas determinadas por la cultura (competencias) impuestas al individuo en diferentes etapas del ciclo vital.	Tareas de desarrollo, requisitos sociales, adaptación social, madurez.
Conductista	Skinnner, Pavlov, Watson	Los cambios en la conducta son una función de refuerzos y castigos.	Refuerzo, castigo, estímulos, respuestas, condicionamiento,

Social cognoscitivo	Bandura	El aprendizaje por observación produce los cambios del desarrollo; nuestra capacidad de simbolizar y de anticipar las consecuencias de nuestra conducta es fundamental, lo mismo que las estimaciones que hacemos de nuestra auto eficacia.	Imitación, modelamiento, facilitación, inhibición y desinhibición, auto eficacia.
Cognoscitivo	Piaget	El niño adquiere destrezas cognoscitivas mediante la interacción activa con el medio.	Etapas, asimilación, acomodación, adaptación, esquema.
Biológico	Bowlby, Wilson	Las conductas sociales tienen una base biológica que se comprende en términos evolutivos. Un ejemplo es la formación de vínculos de apego.	Vínculos de apego, adaptación biológica, valor de supervivencia, genes altruistas, período sensible.
Sistemas ecológicos	Vygotsky, Bronfenbrenner	La ecología del desarrollo es el estudio de la adaptación entre una persona y el entorno (cultura) que toma en cuenta las características cambiantes de ambos.	Cultura, lenguaje, sistemas abiertos, ecología, microsistema, mesosistema, exosistema, macrosistema.
Humanista	Maslow, Rogers	Todos los individuos son únicos y luchan por lograr el pleno desarrollo de sus potencialidades.	Yo, crecimiento positivo, metanecesidades, necesidades básicas, auorealización.

C. Ejercicio de Práctica

1. Contesta las preguntas siguientes:

   a) ¿Qué son las teorías?

_____

_____

_____

_____

_____

_____

_____

_____

_____

_____

_____

_____

_____

_____

b) ¿Cuáles son las características de una teoría?

_____

_____

_____

_____

_____

_____

_____

_____

c) ¿Cuáles son sus propósitos?

_____

_____

_____

_____

_____

_____

_____

_____

_____

_____

d)   ¿Con qué tienen que ver las teorías de desarrollo?

_____

_____

_____

_____

_____

_____

_____

_____

_____

_____

Capítulo II:

Teorías psicoanalíticas

A. Psicosexual

1. Exponente o exponentes máximos

* Freud en su estudio

Sigmund Freud a los veintidós años se cambió el nombre por el de Sigmund. Nació en la antigua Moravia (hoy Príbor, Checoslovaquia) el 6 de mayo de 1856. Su padre fue un comerciante de lanas. Su madre, al momento de nacer él tenía dos hijos de un matrimonio anterior. Freud en una ocasión comentó que la impresión que le causó su situación familiar despertó su curiosidad y agudizó su inteligencia.

En el año 1859, la crisis económica hechó a perder el negocio de su padre y al año siguiente la familia se trasladó a Viena, en donde vivió por muchos años con dificultades. A Freud no le gustaba la ciudad, pero residió en ésta hasta un año antes de su muerte. En junio de 1938 se vio obligado a exiliarse en Londres. Debido a su condición de judío - sus obras fueron quemadas en Berlín en el año 1933.

Hasta 1905 Freud tenía pocos discípulos, pero sus teorías habían comenzado a establecerse y comenzaron a atraer adeptos durante el año 1906. El círculo de los que ya desde 1902 se reunían algunas noches en su casa con el propósito de orientarse en el campo de la investigación psicoanalítica, fue ampliado y se consolidó la sociedad psicoanalítica. En la primavera de 1908 fue invitado por Karl Gustav Jung para participar en el Primer Congreso Psicoanalítico que se celebró en Salzburgo. Al año siguiente, Freud y Jung viajaron a Estados Unidos y dictaron una serie de conferencias en la Universidad Clark de Worcester, Massachusetts. En esa visita se dieron cuenta que el pensamiento freudiano había llegado muy lejos.

En 1910 se fundó en Nuremberg la Sociedad Internacional de Psicoanálisis, presidida por Jung, quien conservó la presidencia hasta el año 1914. Renunció al cargo porque en el año 1913 Freud había declarado improcedente la ampliación jungiana del concepto de «libido» más allá de su significación estrictamente sexual.

En el año 1923 se le diagnosticó cáncer de mandíbula y tuvo que someterse a la primera de una serie de intervenciones quirúrgicas. Desde entonces, y hasta su muerte en Londres el 23 de septiembre de 1939, estuvo siempre enfermo, aunque nunca decayó su energía y se mantuvo activo.

Freud tiene varias publicaciones, dentro de las cuales está **Introducción al Psicoanálisis** (1916).

2. *Idea Central*

El individuo es motivado por impulsos instintivos principalmente sexuales y agresivos.

3. *Explicación*

Él sostiene que las personas se mantienen entre dos etapas y en conflicto con sus impulsos naturales y las restricciones que les impone la sociedad. Los conflictos van a depender de la etapa de desarrollo en que se encuentra. Las experiencias que se tengan durante esas etapas determinan como se van a adaptar al ambiente y sus rasgos de personalidad. Si los individuos no satisfacen las necesidades propias de la etapa o si las satisfacen excesivamente (fijación) no van a tener un desarrollo normal, pues ambas interfieren en el mismo.

Freud entendía que la personalidad tiene tres aspectos: el id, el ego, y el superego. El id es la fuente inconsciente de los motivos y los deseos que actúan buscando el placer y se esfuerza por la gratificación inmediata. El ego es la razón o el sentido común que actúa entre el ego y el superego y se manifiesta cuando se tarda la gratificación. Entonces, trabaja con la realidad y busca una forma aceptable de obtener la gratificación. El superego o conciencia incorpora las normas de la sociedad con la identificación con el padre o madre del mismo sexo.

Freud afirmó que el recién nacido establece unos vínculos afectivos muy estrechos con la madre. A su vez, el padre es visto como una amenaza, como alguien que puede inmiscuirse o romper esa relación privilegiada entre madre e hijo; por esto el niño comienza a desarrollar sentimientos hostiles contra su padre. Éstos terminan creando un sentimiento de culpa.

Esta ambivalencia contra el padre puede experimentarse de un modo muy intenso, pero se resuelve cuando el joven logra identificarse con el padre. Esto es lo que él denomina como el complejo de Edipo. Cuando ocurre lo contrario con la niña y el padre se le conoce como el complejo de Electra.

4. Diseño, Modelo o Etapas de la teoría

Las etapas que Freud establece son las siguientes:

Tabla I: Etapas de Freud

Etapas	Explicación
Oral	*(Desde el nacimiento hasta los 12 ó 18 meses)* El niño recibe gratificación a través de la boca por lo que succionar es importante.
Anal	*(De 12 a 18 meses, hasta los tres años)* El niño recibe gratificación en el ano, principalmente en la defecación por lo que el entrenamiento para ir al baño a hacer sus necesidades y mantenerse limpio es importante.
Fálica	*(De los tres a los cinco o seis años)* La gratificación se da por medio de la estimulación genital y los complejos de Edipo o Electra son determinantes.
Latencia	*(Desde los cinco o seis años hasta la pubertad)* El niño está sexualmente calmado, en la resolución de los complejos de Edipo o Electra.

| Genital | *(De la pubertad en adelante)* Los cambios hormonales llevan a la sexualidad adulta madura. Los impulsos sexuales se renuevan, para orientarse hacia las heterosexuales con personas ajenas a la familia. |

• Tomado del libro de Lefrancois G. R. (2001). *El Ciclo de la Vida*. México: International Thomson Editores.

5. Principios

Los principios de la teoría freudiana son:

a. El ser humano ni es activo ni es pasivo, sólo tiene unos conflictos inconscientes que resolver en cada etapa de desarrollo.

b. Los conflictos que debe resolver son diferentes en cada etapa.

c. El organismo humano pasa por diversas etapas de desarrollo psicosexual. Éstas se relacionan con las partes del cuerpo.

d. Las partes del cuerpo son fuentes primarias de gratificación en cada fase.

e. La maduración de un niño es la que determina cuándo se darán los cambios de la energía instintiva.

6. Críticas

Se dice que Freud sufría de depresiones recurrentes. Una de las ideas de Freud más debatible es el Complejo de Edipo. Se piensa que él lo tenía. Se le critica el hecho de que él utilizara a los que le daba terapia para sus experimentos. La fuente de datos en el cual él fundamentó sus teorías acerca del desarrollo normal no fue de una población de niños promedio, sino de una clientela bien selectiva de adultos neuróticos, de clase media alta. Además, su énfasis en la resolución del conflicto psicosexual, como la clave para un desarrollo saludable, parece muy estrecha y la manera subjetiva en que presentó sus teorías impide que se verifiquen con otras investigaciones.

Una crítica fuerte se relaciona con la mujer ya que en su obra ésta queda reflejada de modo muy negativo en comparación con el hombre.

7. *Implicaciones educativas*

a. Rol del maestro

Si el maestro conoce las etapas por la que están pasando sus estudiantes buscará que las superen. Él debe reconocer cuan importantes son los primeros años en la formación de la personalidad de un niño. Debe fomentar buenas relaciones entre padres, adultos – niños, jóvenes. También debe entender los mecanismos de defensa que utilizan los individuos. Por ello, se espera que pueda manejarlos adecuadamente para ayudar en el desarrollo saludable de la personalidad de los estudiantes.

b. Rol del estudiante

Debe identificarse con la figura que necesita masculina (padre) si es niño o femenina (madre) si es niña, dependiendo la etapa en que se encuentra. Además desde la infancia interiorizará las normas sociales, así como las experiencias de la época o etapa de la vida que está viviendo. Éstas son claves para el desarrollo posterior de su personalidad.

c. Aplicabilidad en la educación

Freud señala que la existencia humana está influenciada por tres esferas que están relacionadas: la biológica, la sicológica y la social. Estas deben considerarse en todo sistema educativo para que los estudiantes puedan tener un desarrollo psicológico - emocional saludable. Además, el que Freud descubriera la existencia de los procesos psíquicos inconscientes permite entender mejor los procesos mentales. El que él explicara que los conflictos inconscientes (los sueños) involucran los deseos e instintos en cada etapa de desarrollo ayuda a encontrar soluciones.

Otra aportación útil en la educación es la explicación que Freud al indicar que los conflictos que ocurren en las etapas iniciales del desarrollo son significativos en la formación de la personalidad de un individuo. Por último, su modelo de estructura del sistema psíquico, con sus tres sistemas funcionales el id, el ego y el superego, demuestra como el individuo funciona en la sociedad. La teoría de Freud se fundamenta en unas ideas que al tomarlas en consideración en la educación, especialmente por un maestro en el salón de clases, facilitan el comprender mejor a los estudiantes y, sobretodo, a ayudarlos a desarrollar una personalidad adecuada especialmente en las etapas temprana del desarrollo.

Las ideas esbozadas por Freud han tenido efecto en la crianza de los hijos. Ha provocado que se le preste atención a la sexualidad infantil, a la naturaleza de los pensamientos y emociones inconscientes, a los mecanismos de defensa, al significado de los sueños, a las relaciones entre padres e hijos y a otros aspectos que se relacionan con el funcionamiento emocional del individuo.

Si un maestro conoce lo que necesita un individuo en cada etapa propuesta por Freud podrá ayudar a sus estudiantes a conseguir lo que necesitan para satisfacer sus necesidades. Las aportaciones de Freud resultan válidas en el ámbito escolar, puesto que proporcionan explicaciones a ciertos comportamientos del educando y del educador. Un ejemplo de esto es que, el educador proveerá para que determinadas disposiciones y tendencias del niño no se conviertan en una situación que pueda resultar perniciosa para el individuo o la sociedad. Le impondrá a los niños o jóvenes con menor o mayor rigor, la renuncia a la inmediatez del placer instintivo porque educar es sustituir el placer por la realidad, el instinto por la sociedad, el deseo por la norma. Esto es, el maestro buscará disciplinar la naturaleza instintiva del niño o joven enseñándole a dominar sus instintos. Ahora bien, el maestro tomará en cuenta los deseos de sus estudiantes, así como sus necesidades porque conoce que si un niño o joven tolera cierto displacer por la renuncia a la satisfacción es porque se le ofrece y recibe algo a cambio como es el amor que ciertamente es lo que todos en alguna medida necesitan.

B. Psicosocial

1. Exponente o exponentes máximos

Eric Erikson

* Eric Erikson y su esposa Joan

Nació en Alemania el 15 de junio de 1902. Su padre fue un danés que abandonó a su madre cuando él nació. Su madre era una judía que lo crío sola durante los tres primeros años. Luego se casó con el Dr. Theodor Homberge, el pediatra de él y se mudaron al sur de Alemania. Erikson quiso ser artista y cuando no asistía a sus clases de arte vagaba por Europa, visitando museos y durmiendo debajo de los puentes. Vivió una vida rebelde antes de plantearse seriamente qué hacer con su vida.

Eric Erikson era un psicólogo del yo freudiano, lo que significa que aceptaba las ideas de Freud como correctas, incluyendo aquellas más debatibles como el complejo de Edipo. Él estaba más orientado hacia la sociedad y la cultura. Desplazó los instintos y el inconsciente de Freud. Fue psicoanalizado por Ana, la hija de Freud, después de que abandonó a Viena debido a que los nazis tomaron el poder. Se fue a Estados Unidos a enseñar en la Escuela de medicina de Harvard. Luego, enseñó en Yale y en la Universidad de California en Berkeley. Se relacionó intelectualmente con psicólogos de la talla de Henry Murria y kurt Lewin y con otras personalidades como Margaret Mead y Ruth Benedict.

Durante la incumbencia en el Senado de los Estados Unidos de Joseph McCarthy abandonó Berkeley cuando se les pide a los profesores que firmen "un compromiso de lealtad". A partir de ese momento pasa diez años trabajando y enseñando en Massachussets y después volvió a Harvard donde estuvo diez años más. En el año 1970 se jubila, pero no dejó de escribir e investigar. Murió en el año 1994.

2. *Idea Central*

El niño pasa por etapas de desarrollo resolviendo conflictos que surgen de la necesidad de adaptarse al entorno sociocultural hasta llegar a la adultez. Para Erikson la existencia de un ser humano depende de tres procesos de organización que deben complementarse entre sí:

a). el proceso biológico de una organización jerárquica de los sistemas orgánicos que constituyen un cuerpo.

b). el proceso psíquico que organiza la experiencia individual mediante la síntesis del yo.

c). el proceso comunal consistente en la organización cultural de la interdependencia de las personas.

3. *Explicación*

Él amplió el concepto freudiano del ego y se interesó en la influencia de la sociedad en el desarrollo de la personalidad. En su teoría describe ocho etapas, las cuales dependen de la resolución exitosa de un punto decisivo o lo que la llama crisis. Cada etapa tiene un conflicto diferente y la forma en la cual se resuelve influye en el desarrollo final de la personalidad.

Erikson cubre la trayectoria entera de la vida, mientras que Freud llega hasta la adolescencia. En la teoría de Erikson se le concede importancia a las influencias sociales y culturales sobre el desarrollo de todo individuo.

4. Diseño, Modelo o Etapas de la teoría

Las etapas de Erikson aparecen en la tabla que aparece a continuación:

Tabla II: Las ocho etapas de Eric Erikson

Etapas o Crisis	Edad	Suceso importante	Principal tarea de desarrollo
Confianza básica versus Desconfianza básica	Del nacimiento a los 12 ó 18 meses	Alimentación	Adquirir suficiente confianza en el mundo para explorarlo.
Autonomía versus Vergüenza y Duda	18 meses a 3 años	Control de esfínteres	Adquirir un control sobre su conducta, descubrir que es posible exteriorizar las emociones.
Iniciativa versus Culpa	Tres a seis años	Locomoción	Adquirir un sentido del yo mediante la identificación con los padres y un sentido de responsabilidad por los primeros actos.

Industriosidad versus Inferioridad	Seis a 12 años	Escolaridad	Adquirir un sentido de valía personal en el trato con sus compañeros.
Identidad versus Confusión de rol	Adolescencia	Relación con iguales	Adquirir un sentido fuerte de identidad, elegir entre varios yoes posibles.
Intimidad versus Aislamiento	Edad adulta temprana	Relación amorosa	Formar relaciones estrechas con los demás, alcanzar la intimidad necesaria para el matrimonio.
Capacidad de generación versus Oposición o Estancamiento	Madurez	Paternidad y crianza	Adquirir roles adultos responsables en la comunidad, aportar, ser valioso.
Integridad del ego versus Desesperación	Vejez	Relación sobre la propia vida y aceptación de ella.	Enfrentar la muerte. Superar la desesperación potencial, resolver el sentido de la vida.

- Tomado del libro de Lefrancois G. R. (2001). *El Ciclo de la Vida*. México: International Thomson Editores.

5. Principios

Los principios que surgen de la teoría de Erikson son:

a) El ser humano necesita adaptarse al entorno sociocultural que le ha tocado vivir.

b) La condición de una identidad lograda es importante para el avance de la adolescencia a la vida adulta.

c) El lograr la identidad ayuda a que los individuos tengan una auto-estima alta.

d) El lograr la resolución de las crisis en cada etapa contribuye al desarrollo saludable.

e) A medida que se crece cambian los ambientes sociales y los conflictos son más importantes.

f) La solución de conflictos nunca es perfecta en una fase de desarrollo, sino que continúa en las fases sucesivas.

g) La crisis más crucial es el desarrollo de un sentido de identidad.

6. Críticas

Se le critica a Erikson porque tiene inclinaciones antifeministas al no tomar en cuenta los factores sociales y culturales que influyen en las actitudes y comportamientos de los géneros. Además, algunos de sus términos son difíciles de valorar objetivamente para llevar a cabo una investigación de seguimiento.

7. *Implicaciones educativas*

a) Rol del maestro

El maestro tiene la responsabilidad de crear un ambiente donde el estudiante pueda solucionar el conflicto o la crisis de la etapa en que se encuentre para que pueda desarrollarse saludablemente y para que pueda funcionar o comportarse de acuerdo a las expectativas sociales.

b) Rol del estudiante

Es un ente que necesita de los adultos para poder resolver los conflictos de la etapa en que se encuentre y para poder avanzar en su desarrollo.

c) Aplicabilidad en la educación

El apego o vínculo seguro en la primera etapa juega un papel importante ya que le proporciona seguridad emocional al niño, confianza en el otro y le ayuda a desarrollar la capacidad para dar y recibir afecto.

En los primeros tres años de vida, la confianza y la autonomía favorecen el desarrollo del auto concepto. Además, inicia el proceso de autorregulación del comportamiento y empieza el ajuste de las expectativas sociales. En estas primeras dos etapas la madre tiene un rol muy importante en la solución de los conflictos propios de cada etapa.

Los padres y los maestros pueden ayudar a desarrollar la iniciativa en la próxima etapa, de los tres a seis años, ofreciendo al niño la libertad con límites claros que le permitan convertirse en una persona responsable. Si los adultos conocen esta información pueden ayudar a que se resuelvan las crisis de las primeras etapas en el desarrollo de un niño. Éstas son la base para el desarrollo de su personalidad de acuerdo a la teoría de Erikson. Es claro que si el maestro conoce que el avance de una etapa a la siguiente exige la solución de un conflicto trabajará para que el niño pueda crecer y desarrollarse en el ambiente que él mismo procura proveerle para que el proceso de enseñanza – aprendizaje sea efectivo.

C. Ejercicio de Práctica

1. Contesta las preguntas siguientes:

a) ¿Cuáles son las teorías psicoanalíticas?

_____

_____

_____

_____

_____

_____

b) Compara la teoría de Freud con la de Erikson en cuanto
    a sus etapas. ¿Cuáles son sus semejanzas y cuáles son
    sus diferencias?

_____

_____

_____

_____

_____

_____

_____

_____

_____

_____

_____

_____

_____

_____

_____

_____

c) ¿En qué consisten las aportaciones de Freud y de Erickson a la educación?

_____

_____

_____

_____

_____

_____

_____

_____

_____

_____

_____

_____

_____

_____

_____

_____

_____

_____

_____

d) ¿Cuáles son las críticas u objeciones e estas teorías?

_____

_____

_____

_____

_____

_____

_____

_____

_____

_____

Capítulo III: Teoría descriptiva

A. Descriptiva

1. *Exponente o exponentes máximo*

Havighurst, Robert J. nació en el año 1900 en Wisconsin y murió en el 1991. Su familia era alemana y había emigrado a los Estados Unidos en el año 1847. En el año 1940 se interesó por la Educación. Havighurst se destaca por su conceptualización del desarrollo humano como el dominio de una serie de tareas culturales relacionadas con la edad. Fue un   investigador incansable, profesor universitario, un prolífero escritor y un activista de los derechos humanos. Como investigador condujo estudios longitudinales, sobre el desarrollo social, emocional y moral de niños y adolescentes en varias sub - culturas americanas y en otros pueblos. Los estudios científicos que realizó en las escuelas públicas de Chicago cobraron la atención nacional por su plan controversial para la integración de la escuela y la comunidad. Muchas de sus 22 recomendaciones tienen que ver con cambios estructurales y organizacionales en las escuelas públicas de Chicago. Una recomendación importante fue la descentralización de la autoridad. Otros estudios que realizó están relacionados con los ancianos, con la etapa de la vejez y su desenvolvimiento en la sociedad. Uno de sus estudios fue sobre la teoría de la desvinculación, la cual se caracteriza por señalar que la persona mayor pasa por una mutua separación. Según él, la persona mayor voluntariamente disminuye sus actividades y compromisos y la sociedad lo obliga al retiro y estimula su segregación. Sin embargo, el estudio de Havighurst no apoya la predicción de que la baja moral acompaña una alta actividad y de que la desvinculación es inevitable y buscada por los mismos ancianos (Papalia, 2001).

2. *Idea Central*

El desarrollo consiste en una serie de tareas determinadas por la cultura, (competencias) impuestas al individuo en diferentes etapas del ciclo vital.

3. *Explicación*

Él describe el desarrollo en términos de una serie de tareas que deben dominarse en secuencia. Estas tareas son requisitos impuestos por la sociedad y por los individuos, según van avanzando en edad. Havighurst dijo "Una tarea del desarrollo es aquella que surge en cierto período de la vida del individuo y cuya realización lleva a la felicidad y al éxito en las tareas siguientes, mientras el fracaso conduce a la infelicidad del individuo, la desaprobación de la sociedad y la dificultad con las tareas posteriores" (Lefrancois, 2001).

Los requisitos más simples como aprender a comer, caminar y hablar comienzan en la infancia. Éstos van cambiando, y al llegar a la vejez, se reenfocan hacia la adaptación a los cambios en la salud, en el vigor y en la inminencia de la muerte.

4. Diseño, Modelo o Etapas de la teoría

Tabla III: Tareas del desarrollo de Havighurst

Período	Tareas del desarrollo
Infancia y primera niñez (del nacimiento al período preescolar)	1. Establecer los ritmos fisiológicos del sueño y la alimentación. 2. Aprender a tomar alimentos sólidos. 3. Comenzar a relacionarse emocionalmente con padres y hermanos. 4. Aprender a hablar. 5. Aprender a controlar la eliminación de los desechos corporales. 6. Aprender a caminar. 7. Aprender a distinguir el bien del mal. 8. Conocer las diferencias sexuales y el pudor.
Niñez intermedia (período de escuela elemental).	1. Aprender las destrezas para los juegos físicos. 2. Formar un concepto personal positivo. 3. Adoptar un rol masculino o femenino conveniente. 4. Aprender a convivir con los compañeros. 5. Adquirir valores, un sentido moral, una conciencia. 6. Volverse independiente; romper hasta cierto punto con los lazos familiares. 7. Adquirir las habilidades básicas de lectura, escritura y aritmética. 8. Alcanzar una comprensión del yo y del mundo.
Adolescencia	1. Adquirir destrezas conceptuales y de solución de problemas. 2. Establecer relaciones maduras con compañeros de ambos sexos. 3. Formular un sistema ético que guíe la conducta. 4. Esforzarse por desarrollar una conducta de responsabilidad social. 5. Aceptar los cambios físicos y dominar el cuerpo de manera eficaz. 6. Prepararse en una carrera económicamente viable. 7. Aclarar la independencia emocional de los padres. 8. Preparase para el matrimonio y la vida familiar.

Juventud	1. Cortejar y elegir pareja. 2. Aprender a vivir feliz con el cónyuge. 3. Iniciar una familia y adoptar la función de la paternidad. 4. Educar a los hijos. 5. Asumir las responsabilidades del sostenimiento del hogar. 6. Comenzar una profesión o una ocupación. 7. Asumir las responsabilidades cívicas convenientes. 8. Establecer una red social.
Mediana edad	1. Auxiliar a los hijos en la transición del hogar al mundo. 2. Encontrar actividades recreativas adultas. 3. Relacionarse con el cónyuge como persona. 4. Aceptar responsabilidades sociales y cívicas adultas. 5. Mantener un desempeño profesional satisfactorio. 6. Adaptarse a los cambios fisiológicos de la mediana edad. 7. Adaptarse al envejecimiento de los padres.
Vejez	1. Adaptarse a los cambios físicos. 2. Adaptarse al retiro y al cambio en los ingresos. 3. Proveerse condiciones de vida satisfactorias. 4. Aprender a vivir en el retiro con el cónyuge. 5. Superar la muerte del cónyuge. 6. Establecer vínculos con otros ancianos. 7. Adoptar roles flexibles.

- Tomado del libro de Lefrancois G. R. (2001). *El Ciclo de la Vida*. México: International Thomson Editores.

5.Principios

Los principios de la teoría descriptiva son:

a) Los individuos llevan acabo unas tareas a lo largo de su vida que están condicionadas por la cultura.

b) Las tareas son parte de su desarrollo evolutivo.

c) Cada etapa en el desarrollo se caracteriza por unas tareas que lleva a cabo un individuo común.

d) Las tareas de desarrollo están determinadas por la sociedad.

e) Los requisitos de cada etapa van aumentando en complejidad, según se va madurando.

f) Para tener éxito y lograr la felicidad hay que superar cada etapa cumpliendo con las tareas que la caracterizan.

6.Críticas

Las ideas de Havihghurst no parecen aplicar a todos los conceptos o ideas al desarrollo del adulto de esta época porque a pesar de que la vida de la mayoría de las personas se ajusta a los tiempos que marcan las tareas de desarrollo, en la actualidad, hay más excepciones que nunca antes (Craig, 1999). Es de todos conocido que los estilos de vida han cambiado mucho, pues la formación o estructura de una familia ya no es la misma. Aprender a vivir con un nuevo compañero o compañera después de un divorcio o tener unos padres o madres del mismo sexo o prepararse para una nueva ocupación después de haber terminado una carrera representan tareas en la madurez que han cambiado notablemente.

7. Implicaciones educativas

a) Rol del maestro

El maestro debe conocer estas tareas de desarrollo para que pueda comprender mejor a sus estudiantes. El hecho de saber qué debe aprender un estudiante en la etapa en que se encuentra facilita la comunicación y la relación maestro – estudiante. También puede contribuir con los padres orientándolos para que puedan manejar a sus hijos y mejore de igual forma la relación entre padres e hijos.

b) Rol del estudiante

Debe aprender y superar cada etapa realizando las tareas que se esperan de él para que pueda adaptarse y funcionar adecuadamente en la sociedad que le ha tocado vivir.

c) Utilidad en la educación

La teoría de Havighurst nos ayuda a entender cómo se asocia la adaptación con el nivel de actividad y la satisfacción (Havighurst, 1968).

Además, para él los individuos pueden aprender y educarse durante toda la vida. Los objetivos de sus aprendizajes, así como los métodos y formas para lograrlos, deberán contemplar, como en cualquier etapa de la vida, las características propias de la edad. Cada etapa tiene sus propias "tareas evolutivas" como se explicó anteriormente. Este concepto fue acuñado por Robert Havighurst hace varios años y sintetiza, por un lado, las pautas madurativas que permiten ciertos logros y no otros, y por otro, las exigencias que cada sociedad tiene para con los individuos que la integran.

Esta información es útil para todo educador que desea lograr un desarrollo integral en sus alumnos, así como el éxito y felicidad éstos. Si el maestro quiere lograr desarrollar la parte social debe considerar no sólo la madurez del niño o joven, sino también las normas y demandas de su entorno social.

Las tareas de desarrollo descritas por Havighurst, en cierto sentido, indican si un niño está listo para la escuela, si un joven lo está para el matrimonio y si un adulto mayor lo está para el retiro.

B. **Ejercicio de Práctica**

   1. Analiza lo siguiente:

  a) ¿Es cierto que las tareas de desarrollo de Havighurst posiblemente carecen de vigencia en la actualidad? ¿Por qué?

_____

_____

_____

_____

_____

_____

_____

_____

_____

_____

_____

_____

_____

_____

_____

_____

_____

b) ¿Cuál es tu opinión con relación a lo anterior? Argumenta
tu punto de vista.

_____

_____

_____

_____

_____

_____

_____

_____

_____

_____

_____

_____

_____

_____

_____

Capítulo IV: Teoría conductista

A. Conductista - operante

1. Exponente o exponentes máximos

Burrhus Frederick Skinner

*Skinner en su casa

Burrhus Frederic Skinner nació el 20 de marzo de 1904 en la pequeña ciudad de Susquehanna en Pensilvania. Su padre era abogado y su madre ama de casa. Su crianza fue al viejo estilo y de trabajo duro.

Burrhus era un chico activo y extrovertido que le encantaba jugar fuera de casa. Era un gran inventor y le gustaba la escuela. Sin embargo, su vida no estuvo exenta de tragedias ya que su hermano murió a los 16 años de un aneurisma cerebral.

Burrhus recibió su grado en Inglés del Colegio Hamilton en el norte de Nueva York. Escribió para el periódico de la universidad, incluyendo artículos críticos sobre la misma, la facultad e incluso contra ¡Phi Beta Kappa!. Era ateo y en la universidad a la que asistía le exigían ir diariamente a la capilla.

Escribió artículos sobre problemas laborales y vivió por un tiempo en Greenwich Village en la ciudad de Nueva York como "bohemio". Después de algunos viajes, decidió volver a la Universidad de Harvard. Consiguió su licenciatura en psicología en el año 1930 y su doctorado en el 1931. Se quedó allí para hacer investigaciones hasta el año 1936. Luego, se mudó a Miniápolis para enseñar en la Universidad de Minesota. Allí conoció a Ivonne Blue. Más tarde se casó con ella. Tuvieron dos hijas, de las cuales la segunda, fue famosa porque se crió como la primera infante en la cuna de aire, uno de los inventos de Skinner. Esa invención era una combinación de cuna y corral rodeada de cristales y con aire acondicionado.

En el 1945 adquirió la posición de jefe del departamento de psicología en la Universidad de Indiana. En el año 1948 fue invitado a volver a Harvard, donde se quedó por el resto de su vida. Era un hombre muy activo que se mantenía investigando constantemente y guiaba a cientos de candidatos doctorales. Escribió muchos libros. Aunque no era un escritor de ficción ni de poesía, llegó a ser uno de los mejores escritores de psicología.

El estudio escrito por Skinner más conocido es en el que él enseñó a unas palomas a distinguir barras de colores, separadas, recompensándolas con alimento cuando presionaba la barra correcta. Realmente, él utilizó los diseños de un solo sujeto para hacer sus estudios. Éste se ha utilizado mucho en la educación.

El 18 de agosto de 1990 Skinner muere de leucemia, después de convertirse probablemente en el psicólogo más famoso después de Sigmund Freud.

2. *Idea Central*

Los cambios en la conducta responden a los refuerzos y castigos que se le den al individuo. En esta teoría se considera que todo cambio es una alteración cuantitativa del comportamiento y niega la posibilidad del cambio cualitativo. El conductismo le dice a los educadores qué hacer en determinadas situaciones, o sea indica como producir los cambios deseados en la conducta o establecer las condiciones necesarias para que se produzcan aprendizajes efectivos.

3. Explicación

El condicionamiento operante es una conducta emitida. Una respuesta provocada es una respondiente, por eso se le llama también instrumental. Skinner intenta explicar cómo se aprenden las operantes. Él decía que a través de un sistema de recompensas y castigos se moldea una respuesta. Las consecuencias de una respuesta determinan qué tan probable es que esta se repita. Aquellas conductas que se refuerzan van a tender a repetirse y las que no, tienen menos probabilidad de que se lleven a cabo.

Existen los refuerzos positivos que son el resultado de que se le da una recompensa a la situación después de emitida la conducta. Los refuerzos negativos, por el contrario, provienen de la eliminación de un estímulo desagradable, es decir, el reforzamiento positivo implica una recompensa por la conducta, mientras que el reforzamiento negativo es eliminar lo desagradable.

4. Diseño, Modelo o Etapas de la teoría

Figura I: Modelo esquemático del condicionamiento operante

A: Antes del condicionamiento	B. Condicionamiento	C. Etapa terminal
La operante (conducta) es infrecuente e impredecible; puede ocurrir en muchas situaciones.	La operante (R) ocurre en una situación específica (SE) y es seguida por el reforzamiento.	Frecuente y predecible, incluso en ausencia del reforzamiento: So → R
□	◼□ ◼□ ◼□ ◼□ ◼□	□ □ □ □ □

Tiempo

Leyenda		
□	◼□	◼□
Operante (R)	Comienzo del Refuerzo	Reforzamiento

• Tomado del libro:Lefrancois, G. R. (1999). *El ciclo de la vida.* México: Internacional Thomson Editores

Diagrama I: Caja de Skinner con el funcionamiento del condicionamiento operante

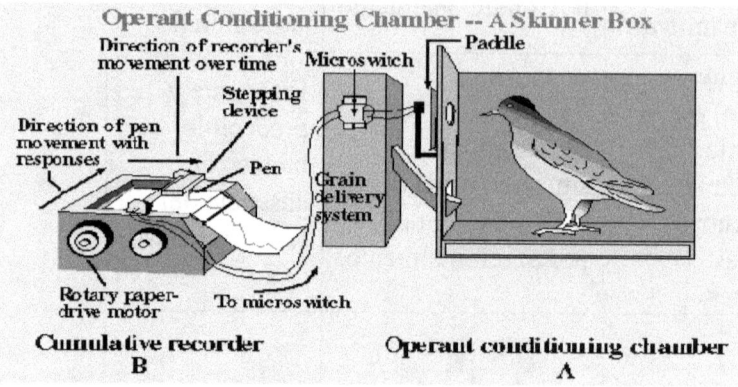

• *Tomado en Internet de Imágenes en Yahoo.com*

5. Principios

Los principios de la teoría conductista operante son:

a) El hombre es un ser reactivo que responde al ambiente.

b) El aprendizaje es un cambio más o menos permanente del potencial de conducta debido a la práctica o a la experiencia.

c) El aprendizaje se da de modo operacional, dependiendo del tiempo y los estímulos que se le den.

d) Se puede modificar la conducta de un individuo.

e) La conducta tiende a repetirse cuando se acompaña de consecuencias satisfactorias.

f) El condicionamiento de una conducta se produce de forma automática y sus resultados son permanentes.

6. *Críticas*

Si los individuos funcionan solamente, si reciben recompensas tangibles entonces no hacen nada si no las reciben y, definitivamente, esto no es lo más recomendable. En la vida se dan circunstancias en las que tenemos que actuar por cuestión de conciencia o de principios y la recompensa, posiblemente, sea la satisfacción personal sin apenas darse cuenta el individuo de inmediato. Por otro lado, los refuerzos negativos que habla la teoría conductista (como es el castigo físico) son peligrosos porque pueden llevar a un maestro a un padre o una madre a maltratar un menor y buscarse un problema legal. Si se va a acudir al castigo, éste no debe ser físico. Mejor es que al menor se le prohíba hacer alguna actividad que le guste hacer.

Otra crítica es que el aprendizaje es visto como un conjunto de asociaciones entre estímulos y respuestas, lo que no hace necesario el estudio de la conciencia ni del pensamiento, en el sentido tradicional, pues el condicionamiento lo explicaba todo (Sprinthall et. al, 1996.

También, Skinner ha sido acusado de simplismo y de reduccionismo porque rechaza tomar en consideración los procesos cognoscitivos superiores del hombre (sin reducirlos a los procesos del aprendizaje mecánico). Además, aplica directamente al hombre, sin mayor cautela y precisión, los resultados experimentales obtenidos en animales, tan alejados del hombre en la escala filogenética, como son las ratas blancas. Uno de sus principales detractores con relación a esto es Chomsky. Éste atacó fuertemente la obra de Skinner acusándole de hacer una comparación abusiva, al tratar de explicar los procesos de la vida real en experimentos de laboratorio con animalitos, especialmente la aplicación del comportamiento verbal en los seres humanos.

Skinner respondió diciendo que los ataques de Chomsky no eran más que una manifestación del "mentalismo" característico de los estructuralistas, los cuales quieren explicar la conducta humana sin prestar atención a las circunstancias dentro de las cuales tiene lugar dicha conducta.

Muchos autores piensan que pueden admitirse los resultados de sus trabajos experimentales sin necesidad de admitir las "generalizaciones" consiguientes que hace Skinner. En cambio, Skinner piensa que lo suyo no son generalizaciones indebidas, sino resultados de estudios científicos comprobados.

7. *Implicaciones educativas*

a) Rol del maestro

Si desea que una conducta agradable o beneficiosa para el estudiante se repita o continué debe procurar ofrecer recompensas variadas. Si por el contrario desea que una conducta desagradable o perjudicial se elimine o disminuya debe ofrecer refuerzos negativos o castigos. De esa manera el maestro es mucho más objetivo y sus actuaciones son concretas.

b) Rol del estudiante

El estudiante aprenderá y recibirá recompensa siempre y cuando se comporte correctamente. De lo contrario, el refuerzo que recibirá será negativo. Es mejor que reciba estímulos positivos.

c) Utilidad en la educación

No es una teoría de desarrollo, pero aplica las mismas leyes básicas de aprendizaje para explicar el comportamiento en todas las edades. Sin embargo, es una herramienta poderosa para mejorar el desarrollo en ciertos aspectos. Tanto los padres como los maestros pueden utilizar los principios conductistas para moldear el comportamiento de los niños y jóvenes, reforzando las acciones que consideren deseables y castigando o ignorando las indeseables.

Por ejemplo, los educadores pueden moldear las rabietas o berrinches de los niños al intentar resistir, antes de ceder. Dependiendo de cómo reacciona el padre o la madre, el niño seguirá haciéndolo o seguirá intentándolo, aún cuando los padres no siempre cedan. Según los conductistas, el niño aprenderá siempre y cuando se refuerce su comportamiento agradable las veces que sea necesario, si se quiere lograr que la conducta persista con el tiempo.

Los principios sobre el condicionamiento operante de Skinner se pueden traducir en técnicas específicas en el salón de clases. Las técnicas de esta teoría le ofrecen al maestro una idea precisa de cómo manejar situaciones determinadas en la clase dando recompensas cuando los estudiantes demuestren comportamientos positivos o agradables y cuando no, eliminar o disminuir los mismos dando refuerzos negativos o castigos que no sean perjudiciales a su salud.

B. Conductista - clásica

1. Exponente o exponentes máximos

a. Iván Pavlov (precursor del condicionamiento clásico)

Pavlov en su casa leyendo

Pavlov fue un fisiólogo que por sus investigaciones recibió el premio Nóbel. Nació el 14 de septiembre de 1849 en Riazán, Rusia. Cursó estudios en la Universidad y en la Academia Militar de Medicina de San Petersburgo. Desde el año 1884 hasta el 1886 estudió en Breslau (hoy Wroclaw, Polonia) y en Leipzig, Alemania. Fue director del departamento de fisiología del Instituto de Medicina Experimental en San Petersburgo y catedrático de medicina en la Academia Militar de Medicina. Fue reconocido por sus trabajos precursores sobre la fisiología del corazón, del sistema nervioso y del aparato digestivo. Sus experimentos del año 1889 demostraron la existencia de reflejos condicionados y no condicionados en los perros. Comprobó que salivaban automáticamente con el olor de la comida, dando una respuesta incondicionada a un estímulo incondicionado. Los conductistas consideraban la salivación como un reflejo simple, semejante al reflejo patelar, que es el movimiento inmediato que realiza la pierna cuando se le da a la rótula un golpecito. Si sonaba una campana en el momento de mostrar la comida al animal, éste comenzaba lentamente a asociar el estímulo, en principio irrelevante, con la comida. Al cabo de un cierto tiempo, el sonido exclusivo de la campana, sin mostrar la comida al animal, provocaba la salivación. Se había transformado en un estímulo condicionado capaz de producir una respuesta que él denominaba condicionada. El perro había aprendido a asociar cierto elemento con la comida.

El trabajo que hizo Pavlov en nombre de la psicología comenzó realmente como un estudio de la digestión. Él miraba el proceso digestivo en perros, especialmente la interacción entre la salivación y la acción del estómago. Sin la salivación, el estómago no conseguía el mensaje para comenzar a digerir. Pavlov deseó ver si los estímulos externos podrían afectar este proceso. Por ello, el experimento consistió en que: él sonó una alarma al mismo tiempo que dio el alimento al perro. Después de un rato, los perros - que antes solamente salivaban cuando veían y comían su alimento - comenzaban a salivar cuando la alarma sonó, incluso si no había alimento presente.

En el año 1903 Pavlov publicó sus resultados llamando a esto un " reflejo condicionado, " que es diferente de un reflejo natural, tal como sacar una mano detrás de una llama, el que tuvo que ser aprendido. Pavlov lo llamó así porque de acuerdo a su investigación el reflejo condicionado es un proceso de aprendizaje en el cual el sistema nervioso del perro asocia la alarma con el alimento condicionado. Él también encontró que el mismo sería reprimido si él estímulo prueba " incorrecto " se presentaba demasiado a menudo.

Sus trabajos sobre la fisiología de las glándulas digestivas le llevaron a conseguir en el año 1904 el Premio Nóbel de Fisiología y Medicina. Su principal obra es **Reflejos condicionados** (1926). Falleció el 27 de febrero de 1936 en San Petersburgo.

b.   John B. Watson (padre del condicionamiento clásico)

Nació el 9 de enero de 1878 en Greenville (Carolina del Sur) en Estados Unidos (USA) y murió en el 1958 en Woodbury (Connecticut), USA. Era hijo de un rico granjero norteamericano. Se destacó por ser un hombre estudioso, trabajador y de una objetividad rigurosa en sus experimentos. Inventó instrumentos de ingenio. Era de un temperamento apasionado y gran polemizador; seguro de sus ideas, (las que defendió de todos los ataques) y supo contagiar a todos con su entusiasmo. Su concepción materialista contribuyó a realzar el valor del ambiente en la formación de la personalidad. Sostuvo que la personalidad podía ser moldeada, si se manejaba adecuadamente el entorno.

En el año 1900 obtiene el título de Maestro en Artes en la Universidad de Furman. En el 1903, se doctoró en psicología en la Universidad de Chicago. Su tesis versa sobre el aprendizaje de las ratas y su comportamiento en el medio ambiente de laberintos.

En 1908 elabora su sistema sobre el condicionamiento clásico. Fue catedrático de psicología en la Universidad de John Hopkins (Baltimore) desde 1908 hasta 1920. En ese mismo año anuncia, por primera vez, su programa conductista en unas conferencias que da en la Universidad de Yale.

Más tarde, en el 1912, fue invitado por Cattell a pronunciar una serie de conferencias en la Universidad de Columbia. En el curso de las mismas formula las ideas básicas del conductismo. Concibe a la psicología como "una rama puramente objetiva y experimental de la ciencia natural", cuyo fin es "la predicción y control de la conducta". Critica especialmente al estructuralismo y al funcionalismo por sus influencias filosóficas y por no haber conseguido situar a la psicología dentro de las ciencias naturales. Propone eliminar términos como: conciencia, estados mentales, mente y similares. Piensa que puede escribirse una psicología en términos de estímulo y de respuesta. Mantiene la hipótesis de que el pensamiento puede explicarse apelando a los actos musculares.

Desde el año 1916 hasta el 1927, se desempeñó como

Director de la revista Journal of Experimental Psychology. Además fue nombrado Presidente de la Sociedad Americana de Psicología. El discurso que pronunció en la toma de posesión del cargo, en diciembre de 1915, fue publicado en la Psychology Review con el título "The Place of the Conditioned Reflex in Psychology". En el año 1919 publica el manual Psychology from the Standpoint of a Behaviorist, donde afirma, con claridad, que los principios de la psicología animal pueden aplicarse a la humana.

Otras publicaciones suyas son: Behavorism (El conductismo) (1925), The Psychological Care of the Infant and Child (1928), The Batle of Behaviorism(1929) y History of Psichology in Autobiography (1936).

2. Idea Central

Un estímulo previamente neutro llega a provocar una respuesta que ordinariamente no está asociada con el mismo.

3. Explicación

Un estímulo incondicional (EI) produce una respuesta incondicionada (RI). En las primeras investigaciones de Pavlov, el estímulo incondicional era el alimento y la respuesta incondicionada era la salivación del perro. En la práctica puede utilizarse cualquier relación "automática" de estímulo – respuesta.

John B. Watson y una colaboradora demostraron que el proceso de condicionamiento pavloviano podía usarse en humanos y que probablemente, constituía una fuente importante de nuestra experiencia. Su teoría afirma que todas las formas complejas de comportamiento: las emociones, los hábitos e incluso el pensamiento y el lenguaje se analizan como cadenas de respuestas simples musculares o glandulares que pueden ser observadas y medidas. Él sostenía que las reacciones emocionales eran aprendidas del mismo modo que otras.

El objeto de estudio del conductismo, según él, es característicamente directo y objetivo: la conducta observable, medible y cuantificable. Su finalidad es que dado el estímulo, poder predecir la respuesta, y dada la misma predecir el estímulo antecedente. De lo que se trata es de conocer, manipular, predecir y controlar la conducta. Los métodos propuestos por el son: La observación, con control instrumental o sin él, el método de reflejo condicionado y el método de informe verbal.

Watson, considerado el padre del condicionamiento clásico, explicó el comportamiento en los términos de "adaptación del organismo al ambiente", "contracciones musculares", "conjunto integrado de movimientos" y "acciones. Se puede decir que la unidad de observación psicológica para él es el comportamiento en el sentido de acción compleja manifestada por el organismo en su integridad, no importa la actividad que se realice.

En la experimentación psicológica que Watson lleva a cabo se interesa, principalmente, por variables dependientes complejas. Su "molecularismo" y "reduccionismo" teórico se especifican en la idea de que esos comportamientos no son más que la combinación de reacciones más simples, de moléculas constituidas por cada uno de los movimientos físicos que son estudiadas por la fisiología y la medicina. Para él los principios de composición de las unidades simples en unidades complejas no modifican la naturaleza de las primeras, sino que simplemente las componen. En otras palabras, en su teoría todas las formas complejas de conducta, tales como las emociones y los hábitos, son estudiadas como compuestas por cambios musculares y glandulares simples, que pueden ser observados y medidos.

La investigación sobre el condicionamiento era de particular importancia para este conductista porque, por un lado detectaba unidades de estímulo precisas (que permitían definir mejor el ambiente en que el organismo reacciona) y unidades de respuesta precisas. Con esto ofrecía un principio clave para explicar la génesis de las respuestas complejas. En efecto, se podía suponer que los comportamientos complejos, manifestados por el hombre, eran una larga historia de condicionamientos.

Por este motivo, adquirió particular importancia el estudio del aprendizaje empezando por las primeras adquisiciones infantiles. Al analizar las emociones, Watson expresaba la idea de que el miedo, la rabia y el amor son las emociones elementales y se definen partiendo de los estímulos ambientales que las provocan. A partir de estas emociones se construirían las siguientes emociones. Un caso famoso de aprendizaje de las emociones es el del pequeño Albert, que él estudió junto con R. Rayner, en el año 1920. Albert jugaba tranquilamente con un ratoncillo cuando se le hizo escuchar a sus espaldas un violento ruido. Desde ese momento, el niño manifestó un gran miedo tanto hacia los ratones como hacia otros animales y objetos peludos. El ruido era un estímulo incondicionado capaz de producir por sí solo una respuesta de miedo; su asociación con otro estímulo hacía que el niño fuese condicionado a tener miedo al ratoncillo y también a otros objetos con características similares. Estudiando una de las primeras neurosis experimentales de la historia de la psicopatología, Watson probaba más adelante que las neurosis no son ni innatas, ni objetos misteriosos, sino que podían definirse en términos de respuestas emocionales aprendidas.

Según Watson, las mismas leyes que regulan el aprendizaje emotivo constituyen la base de las demás adquisiciones y, en particular, de los llamados "hábitos". Si para los "hábitos manuales" la idea podía ser compartida por muchos, el problema se hacía más difícil cuando se trataban de explicar procesos psicológicos complejos y, en particular, el pensamiento y sus relaciones con el lenguaje. La propuesta metodológica de él exigía basarse en la observación de la conducta, y en este caso de la conducta verbal; por tanto el pensamiento debería haberse inferido del lenguaje.

La propuesta "filosófica" era la de negar existencia real al pensamiento y asimilarlo directamente al lenguaje.

Para él, el lenguaje se adquiere por condicionamiento. El niño oye y asocia a un objeto con su nombre y, por consiguiente, el nombre termina por evocar la misma respuesta asociada con el objeto. Progresivamente, todo el sistema de movimientos que provoca la emisión del sonido o palabra puede ser sustituido por movimientos como la palabra pronunciada en voz baja, o moviendo silenciosamente los labios, o mediante simples "hábitos de laringe". Watson creía que de esta manera se va formando el pensamiento. Sugería que podía ser reducido a un conjunto de hábitos de laringe. En el plano teórico el punto central estaba representado por el hecho de que la actividad de pensamiento era un resultado de los aprendizajes comunicativos y no tenía por sí mismo importancia ni interés cognoscitivo.

4. Diseño, Modelo o Etapa de la teoría

La teoría llegó a ser conocida como la teoría del Estímulo – Respuesta, en inglés, la teoría:

$$S - R:$$

$$S \qquad\qquad\qquad R$$

Esto equivale a decir que a toda respuesta siempre le antecede un estímulo o que las respuestas se presentan como resultado que antes de ella hubo un estímulo que

Figura 2: Procedimiento del condicionamiento clásico

	EI EC RI	
EC		
(Perro hambriento)	Comida $\Longrightarrow$ Salivación	
Tiempo 2 (Condicionamiento)	Campana $\Longrightarrow$ Salivación Alimento	
Tiempo 3 (Pareamientos repetidos)	Campana $\Longrightarrow$ Salivación Comida $\Longrightarrow$ Salivación	
Tiempo 4 (Después del Condicionamiento)	Campana $\Longrightarrow$ Salivación	

- Tomado del Libro: Craig, G.(1999).*Desarrollo Psocológico.*Estados Unidos: Prentice Hall.

Diagrama II: Procedimiento del namiento clásico con el perro

1. Before conditioning		2. Before conditioning	
Food	Salivation	Tuning fork	No salivation
Unconditioned stimulus	**Unconditioned response**	**Neutral stimulus**	**No conditioned response**
3. During conditioning		4. After conditioning	
Tuning fork Food	Salivation	Tuning fork	Salivation
	Unconditioned response	**Conditioned stimulus**	**Conditioned response**

Tomado de Internet en Imágenes de Yahoo.com

5. Principios

Los principios de la teoría conductista de condicionamiento clásico son:

a) Un reflejo se produce ante la aparición de un estímulo que automáticamente trae una respuesta, aunque previamente no se ha producido aprendizaje.

b) Los reflejos se producen ante la aparición de un estímulo incondicionado.

c) Para que se produzca una respuesta, después de un estímulo neutral tiene que repetirse, en varias ocasiones, cuando se apareja con un estímulo incondicionado.

d) El estímulo neutro será capaz de provocar eventualmente una respuesta después de que se condicione para esto con un estímulo neutral y con un estímulo incondicional.

e) La conducta se consolida en forma de hábitos, los cuales permiten al individuo una mejor adaptación al ambiente.

f) La conducta incluye todas las reacciones corporales que pueden ser medidas, aunque no puedan ser observadas a simple vista.

g) Lo que sucede dentro del cerebro no puede ser observado como la conducta los estímulos ambientales que impactan en el organismo emitiendo respuestas observables, cuantificables y susceptibles para ser utilizados en experimentos científicos.

6. *Críticas*

Los conductistas creen que los seres humanos aprenden acerca del mundo en forma similar a los animales que reaccionan ante recompensas. De acuerdo con ellos, el condicionamiento es el mecanismo básico que determina el comportamiento humano.

Los que han desarrollado el conductismo, posteriormente, han criticado a Watson por el hecho de haberse centrado en las relaciones entre estímulos y respuestas, en la denominada ¨conducta molecular¨.

Aunque la posición de Watson corre el riesgo de identificar ¨el comportamiento¨ de las ¨contracciones musculares¨ y de remitir su estudio a la fisiología hay que reconocer que gracias a la actitud de él, la psicología conductista contemporánea evita los enunciados no probados experimentalmente, prescindiendo de la introspección, el psicoanálisis, las pruebas proyectivas, etc. Además, todavía se mantiene un modelo mecanicista de la conducta humana, que acentúa el aprendizaje y explica todo por el condicionamiento.

El conductismo aportó increíbles progresos científicos en todas las ramas del conocimiento. La literatura, el arte y la filosofía se enfocaron en temas más realistas y materiales. El idealismo empezó a ceder ante el realismo a partir del conductismo. Desplazó la ciencia hacia horizontes más amplios que los estudios conductuales.

El logro más importante del conductismo es el que ha cambiado el propósito principal de la psicología hacia la solución de verdaderas problemáticas relacionadas con la conducta humana. Como el aprendizaje es una forma de modificación de conducta, los procedimientos de modificación de conducta desarrollados por los conductistas han probados ser de gran utilidad para muchos maestros y escuelas durante las últimas generaciones.

Aún cuando hay desacuerdo con gran parte de la influencia del conductismo en la educación, por la forma de ver a los estudiantes como individuos vacíos que adquieren conductas y que las que no son deseadas pueden ser reemplazadas o eliminadas, hay que admitir la gran influencia del conductismo en la educación tradicional y la gran influencia que seguirá manteniendo sobre ésta.

7. *Implicaciones educativas*

a). Rol del maestro

Debe ofrecer estímulos neutros acompañados de estímulos agradables, constantemente, para que los estudiantes tengan respuestas condicionadas positivas. Para eliminar conductas no deseadas deberá utilizar técnicas de modificación de conducta.

b). Rol del estudiante

Será un ente activo que responderá y actuará positivamente porque lo condicionarán para que reaccione positivamente. Mediante la asociación podrá reaccionar como se espera.

c). Utilidad en la educación

Pavlov, al investigar sobre el condicionamiento, se centró en el área de la psicología. El aprendizaje supone que el comportamiento del organismo depende del medio ambiente y que para controlar el comportamiento es necesario controlar el medio. Tras largos trabajos, concluyó que los reflejos incondicionados son insuficientes para la adaptación del organismo al medio, por lo que se necesitan otras respuestas adquiridas por el condicionamiento.

Hoy se estima que la obra de Pavlov ha sido precursora, ya que fue el primero en efectuar investigaciones sistemáticas acerca de muchos fenómenos importantes del aprendizaje, tales como: el condicionamiento, la extinción y la generalización del estímulo.

Los principios de condicionamiento clásico de la teoría de Pavlov tienen mayor utilidad en cursos remediales para estudiantes de bajo rendimiento ya que éstos utilizan asociaciones de los materiales de estudio con elementos que les resultan agradables.

Los principios de condicionamiento clásico de la teoría de Pavlov tienen una mayor utilidad en materias que utilizan recursos de multimedios porque hacen a los materiales de estudio más atractivos. Esta teoría ha sido ampliamente utilizada en el área de la publicidad y los multimedios. En ellas se asocian los objetos de aprendizaje con imágenes o películas de situaciones agradables o deseables para el consumidor. Se emplea de la misma manera en el área de la educación al asociar los términos que desea que el usuario asocie en el futuro. Según ésta teoría, las personas aprenden por asociación de elementos agradables o significativos con otros que inicialmente no son agradables o significativos, pero que llegan a serlo a través del condicionamiento. Lo que se necesita es que el aprendiz responda de manera inmediata y consistente ante el estímulo incondicionado, después se le ofrece un estímulo nuevo como un sonido, una luz o cualquier otro que no provoque en forma espontánea la respuesta esperada. Con el tiempo se producirá la respuesta por sí sola y se convierte el estímulo nuevo en uno condicionado (EC), que causa una respuesta condicionada (RC).

En la vida diaria también es posible condicionar las reacciones. En el proceso enseñanza – aprendizaje si les ofrecemos estímulos neutrales a los estudiantes, que se asocien con situaciones agradables o positivas, se obtendrá respuestas que son condicionadas y positivas.

Los maestros que aceptan la perspectiva conductista asumen que el comportamiento de los estudiantes es una respuesta a su ambiente pasado y presente y que todo comportamiento es aprendido; por lo tanto, cualquier problema con el comportamiento de un estudiante tiene que ser visto como el historial de refuerzos que dicho comportamiento ha recibido.

Como para los conductistas el aprendizaje es una manera de modificar el comportamiento, los maestros deben proveer a los estudiantes un ambiente adecuado para el refuerzo de las conductas deseadas. Por el contrario, las no deseadas pueden ser modificadas utilizando los principios básicos de modificación de conducta. Algunas técnicas para eliminar conductas no deseadas en los estudiantes son:

- Refuerzo de las conductas deseadas. De esta manera competirá con la no deseada hasta reemplazarla por completo.

- Debilitar las conductas no deseadas eliminando los refuerzos de éstas.

- Involucrar a un individuo en la misma conducta no deseada repetitivamente hasta que se sienta hastiado del comportamiento (técnica de la saturación).

- Cambiar la condición del estímulo que produce la conducta no deseada, influenciando al individuo a tomar otra respuesta a dicho estímulo.

- Utilizar castigos para debilitar la conducta no deseada.

- Utilizar el condicionamiento operante en el aprendizaje programado. En esta técnica las materias son divididas en pequeños simples pedazos o marcos de referencia, en que en cada parte al estudiante se le bombardea con una cantidad de preguntas a las que el estudiante conoce la respuesta y probablemente conteste correctamente. Luego, de una en una, se van agregando preguntas al repertorio, dando premios e incentivando las respuestas correctas.

Finalmente, el maestro que siga esta teoría deberá calificar a los estudiantes con notas, estrellitas y otros incentivos como motivación para aprender y cumplir con los requisitos escolares. Utilizará unos estándares de aprendizaje que serán iguales para todos los estudiantes y el currículo lo organizará por materias de una manera cuidadosa: en secuencia y detallado.

C. *Ejercicio de Práctica*

1. Contesta las preguntas siguientes:
   a) ¿En qué se diferencia la teoría conductista clásica de la conductista operante?

   _____

   _____

   _____

   _____

   _____

   _____

   _____

   _____

   _____

   _____

   _____

   b) ¿Cuál es la mayor contribución de las teorías conductistas a la educación?

   _____

   _____

   _____

_____

_____

_____

_____

_____

_____

_____

c) ¿Cómo una maestra puede aplicar las teorías conductistas en su salón de clases? Da ejemplos.

_____

_____

_____

_____

_____

_____

_____

Capítulo V: Teoría social cognoscitiva

A. Social cognoscitiva

1. Exponente o exponentes máximos

Albert Bandura

Nació el 4 de diciembre de 1925 en la localidad de Mundare, en Alberta del Norte, Canadá. Fue educado en una pequeña escuela elemental y colegio de un solo edificio, con recursos mínimos. Sin embargo, logró un porcentaje de éxitos importantes a pesar de su situación económica. Al finalizar el bachillerato, trabajó durante un verano rellenando agujeros en la autopista de Alaska en el Yukon.

Completó su licenciatura en Psicología de la Universidad de Columbia Británica en el año 1949. Luego se trasladó a la Universidad de Iowa donde conoció a Virginia Varns, una instructora de la escuela de enfermería. Se casaron y más tarde tuvieron dos hijas. Después de su graduación, luchó la candidatura para ocupar el post-doctorado en el Wichita Guidance Center en Wichita, Kansas.

En el año 1953, empezó a enseñar en la Universidad de Stanford. Allí, colaboró con su primer estudiante graduado, Richard Walters. De esa experiencia surge su primer libro titulado **Agresión Adolescente** (1959).

Bandura fue Presidente de la Asociación de Psicólogos (APA) durante el año 1973 y recibió en el año 1980, el reconocimiento titulado **Premio para las Contribuciones Científicas Distinguidas**. Se mantiene activo enseñando en la Universidad de Stanford.

2. *Idea Central*

El aprendizaje por observación produce los cambios del desarrollo. Nuestra capacidad de simbolizar y anticipar las consecuencias de nuestra conducta es fundamental, lo mismo que las estimaciones que hacemos de nuestra autoeficacia. Esta teoría combina elementos de la teoría conductista y de la cognoscitiva.

3. *Explicación*

Bandura afirma que el refuerzo controla gran parte de la conducta; pero no completamente. Sus efectos dependen de que las personas se den cuenta de que hay una relación entre la conducta y sus consecuencias. Su teoría es la del aprendizaje por observación o por imitación de modelos. Los modelos pueden ser personas reales, así como modelos simbólicos: libros, instrucciones orales o escritas, cuadros, imágenes mentales, personajes del cine o de la televisión.

Para Bandura el proceso de socialización se manifiesta con tres efectos: el modelamiento, el inhibitorio o desinhibitorio y el facilitador. Él dice que para que se de aprendizaje tiene que estar presente lo siguiente:

a. La atención - Si se va a aprender un concepto, se necesita que el estudiante le preste atención. De la misma manera, todo aquello que suponga un obstáculo o una interferencia a la atención, resultará en detrimento del aprendizaje, incluyendo el aprendizaje por observación. Por ejemplo, si el estudiante está dormitando, drogado, enfermo, nervioso o "hiper", aprenderá menos. Igualmente ocurre, si esta distraído por un estímulo competitivo.

Alguna de las situaciones que influyen sobre la atención tienen que ver con las propiedades del modelo. Si el modelo es colorido y dramático el estudiante le prestará más atención. Si el modelo es atractivo o prestigioso o parece ser particularmente competente, le prestará más atención. Y si el modelo se parece más a él mismo, le prestará mayor atención. Estas variables condujeron a Bandura hacia el estudio de los efectos que tiene la televisión sobre los niños.

b. La retención - Se debe ser capaz de retener (recordar) aquello a lo que se le ha prestado atención. Aquí es donde la imaginación y el lenguaje entran en juego: se guarda lo que se ha visto hacer al modelo en forma de imágenes mentales o descripciones verbales. Una vez archivado, se puede hacer resurgir la imagen o las descripciones de manera que se pueda reproducir con el propio comportamiento.

c. La reproducción - En este punto se está como soñando despierto. Se deben traducir las imágenes o descripciones al comportamiento actual. Por lo tanto, lo primero de lo que se debe ser capaz es de reproducir el comportamiento. Se puede pasar todo un día viendo a un patinador olímpico haciendo su trabajo y no poder ser capaz de reproducir sus saltos, ya que no se sabe nada de ello. Por otra parte, si se puede patinar, la demostración de hecho mejoraría si se observa a otros patinadores mejores. Otra cuestión importante, con respecto a la reproducción, es que la habilidad para imitar mejora con la práctica de los comportamientos involucrados en la tarea y, que las habilidades mejoran aún con el solo hecho de imaginar que se está llevando a cabo el comportamiento. Muchos atletas, por ejemplo, se imaginan el acto que van a hacer antes de llevarlo a cabo.

d. La motivación - Es necesario que se esté motivado a imitar. Bandura menciona un número de motivos que pueden ayudar a que se lleven a cabo las acciones que se quieren:

1) **Refuerzo pasado**, como el conductismo tradicional o clásico.

2) **Refuerzos prometidos**, (incentivos) que podamos imaginar.

3) **Refuerzo vicario**, la posibilidad de percibir y recuperar el modelo como reforzador.

Estos motivos han sido tradicionalmente considerados como mecanismos de aprendizaje. Bandura los considera más como motivos.

Las motivaciones negativas también existen, dándonos motivos para no imitar:

a. **El Castigo pasado**

b. **El Castigo prometido** (amenazas)

c. **El Castigo vicario**

Como la mayoría de los conductistas clásicos, Bandura expone que el castigo en sus diferentes formas no funciona tan bien como el refuerzo y tiene la tendencia a volverse contra nosotros.

Otro aspecto en la teoría de Bandura es la autorregulación (controlar nuestro propio comportamiento). Para él es la otra piedra angular de la personalidad humana. En este caso, sugiere tres pasos:

1. Auto-observación – Es cuando se ve uno mismo, nuestro comportamiento y se utiliza más adelante.

2. Juicio – se compara lo que vemos con un estándar. Por ejemplo, se pueden comparar nuestros actos con otros tradicionalmente establecidos. O se pueden crear algunos nuevos, como "leeré un libro a la semana". O se puede competir con otros, o con uno mismo.

3. Auto-respuesta - Si hemos salido bien en la comparación con nuestro estándar, nos damos respuestas de recompensa. Si no

salimos bien parados, nos daremos auto-respuestas de castigo. Estas auto-respuestas pueden ir desde el extremo más obvio (decirnos algo malo o trabajar hasta tarde), hasta el otro más encubierto (sentimientos de orgullo o vergüenza.

Un concepto muy importante en psicología, que podría entenderse bien con la autorregulación, es el auto-concepto (mejor conocido como autoestima). Si a través de los años vemos que hemos actuado más o menos de acuerdo con nuestros estándares y hemos tenido una vida llena de recompensas y alabanzas personales, tendremos un auto-concepto agradable (autoestima alta). Si, por el contrario, nos hemos visto siempre como incapaces de alcanzar nuestros estándares tendremos un pobre auto-concepto (autoestima baja).

Se puede observar que los conductistas, generalmente, consideran el refuerzo como efectivo y al castigo como una acción llena de problemas. Lo mismo ocurre con el auto-castigo. Bandura ve tres resultados posibles del excesivo auto-castigo:

1. Compensación - Por ejemplo, un complejo de superioridad y delirios de grandeza.

2. Inactividad - Apatía, aburrimiento, depresión.

3. Escape - Drogas y alcohol, fantasías televisivas o incluso el escape más radical, el suicidio.

Lo anterior tiene cierta semejanza con las personalidades insanas de las que hablaban Adler y Horney: el tipo agresivo, el tipo sumiso y el tipo evitativo, respectivamente.

Las recomendaciones de Bandura para las personas que sufren de auto-conceptos pobres surgen directamente de los tres pasos de la autorregulación:

a. Concernientes a la auto-observación –"¡conócete a ti mismo!". Asegúrate de que tienes una imagen precisa de tu comportamiento.

b. Concernientes a los estándares -Asegúrate de que tus estándares no estén situados demasiado alto. No nos engañemos en una ruta hacia el fracaso. Sin embargo, los estándares demasiado bajos carecen de sentido.

c. Concernientes a la auto-respuesta - Utiliza recompensas personales, no auto-castigos. Celebra tus victorias, no lideas con tus fallos.

4. Diseño, Modelo o Etapas de la teoría

Tabla IV: Tres efectos de la imitación

Efecto	Definición
Modelaje	Aprendizaje de nuevas conductas como resultado de observar el modelo
Inhibición y desinhibición	Supresión o reaparición de conductas anómalas como resultado de ver a un modelo castigado o premiado por la misma conducta
Excitación o facilitador	Exhibir conductas no idénticas a las del modelo; pero relacionadas con la del modelo, que no es nueva ni anómada.

• Tomado del libro de Lefrancois G. R. (2001). *El Ciclo de la Vida.* México: International Thomson Editores.

5. *Principios*

Los principios de la teoría social cognoscitiva son:

a) Para aprender mediante la observación es necesario prestar atención.

b) La imitación es una forma de aprender.

c) Los modelos son los que un estudiante puede imitar.

d) El refuerzo es importante en el aprendizaje por observación.

e) El observar la conducta facilita el que se puedan ver las consecuencias de la misma.

f) Hay dos tipos de modelos: los reales y los simbólicos.

g) El aprendizaje de conductas sociales se da por imitación de modelos.

6. *Críticas*

Bandura desafió y amplió los conceptos conductistas del aprendizaje. Adoptó ideas tanto de los conductistas como de los teóricos cognoscitivos. Su teoría del aprendizaje social ha sido utilizada para explicar la conducta agresiva de los individuos. Si un niño ve a un adulto ser agresivo lo va a imitar y responderá agresivamente. Sin embargo, no está claro en su postura de que el aprendizaje social es uno de los factores implicados en el desarrollo de conductas agresivas.

Bandura era un conductista que creía que las reacciones agresivas suponen una salida a las situaciones que nos provocan ansiedad. Según él, la agresión se origina de experiencias desagradables o se deriva del ofrecimiento de recompensas. Los psicoanalistas consideraban que la frustración y cualquier otra experiencia desagradable generan agresividad. Ambas teorías comparten un punto común: la creencia de que los impulsos agresivos pueden ser eliminados o sublimados y se derivan de traumas o de malos hábitos culturales. Hoy se sabe que todo esto puede ser un error. Muchos especialistas en psicología opinan que las historias de horror, el cine, la radio, el rock, el género negro o los libritos de cuentos tienen la culpa de las patologías sociales. La televisión es el principal objeto de críticas, junto con los videojuegos e internet. Los porcentajes de violencia, aparentemente en aumento entre los jóvenes, se relacionan con estos medios que, según algunos, son el principal vehículo cultural de transmisión de la violencia. Se cree que si se eliminaran estos vehículos o se reconducieran hacia orientaciones no-violentas no se eliminaría la agresividad. A pesar de estos planteamientos no está claro que exista una relación entre la violencia que se difunde a través de los medios de comunicación y la agresividad entre los jóvenes.

Otra crítica es que el aprendizaje social es muy complejo, variado y hay muchas condiciones que lo afectan. En realidad, aunque puede ocurrir, su ejecución depende de que el modelo haya sido reforzado o castigado una determinada conducta. Depende también de la capacidad para retener lo que observó, de la capacidad para ejecutar las habilidades adquiridas y de la motivación e incentivos para llevar a cabo la conducta (Dicaprio, 1999).

7. *Implicaciones educativas*

a). Rol del maestro

Si el maestro conoce que puede ser un modelo para sus estudiantes, entonces, buscará ser un modelo positivo para ellos, además de procurar que las conductas positivas sean premiadas y las negativas castigadas para que los demás estudiantes lo vean y les sirva de modelo. El educador debe exhibir conductas parecidas a los modelos o personajes del cine o de la televisión para que los estudiantes la repitan.

Permitirá que se hable o se discuta la vida y obra de personajes que han realizado aportaciones y que son los modelos de la sociedad. Proveerá modelos que puedan captar la atención de los estudiantes. Los motivará, dándole refuerzos. Cuando quiera que emitan la conducta les dará refuerzo positivo. Si lo que desea es que no imiten el comportamiento, le dará refuerzo negativo. Los refuerzos positivos ayudan al estudiante a formar una auto-estima positiva.

b). Rol del estudiante

Será un miembro activo, imitador de su maestro y de los modelos reales o simbólicos que se le ofrecen en el aula o en los escritos discutidos en el salón. Analizará la conducta de los personajes que aparecen en la televisión y en el cine para imitarlos o inhibir las conductas que no sean dignas de imitar; esto con el fin de auto regularse y tener una autoestima alta.

c). Utilidad en la educación

Los efectos del modelamiento son positivos y el educador que los conoce puede utilizarlas como una excelente estrategia para lograr que sus estudiantes aprendan. El hecho de que se considere la atención como un factor importante en el proceso de enseñanza – aprendizaje favorece el desempeño de los estudiantes; es decir, el estudiante que observa o atiende modelos competentes busca mejorar constantemente. Además, el poder observar las consecuencias de un comportamiento les ayuda a mejorar como seres humanos y a actuar adecuadamente. Al ver que otro puede llevar a cabo una conducta beneficiosa incrementa su autoeficacia. El aprender de los demás (aprendizaje vicario) es útil en la educación.

Los estudiantes imitan tanto las conductas positivas como las negativas de los maestros. Ellos son los modelos más importantes después de los padres.

Los maestros tienen que estar conscientes de que pueden transmitir las conductas óptimas para que se produzca el aprendizaje a través de lo que dicen por medio de sus acciones o ejemplos.

B. Ejercicio de Práctica

1. Enumera las implicaciones que tiene el conocer que los modelos o la imitación pueden influir en el proceso de enseñanza – aprendizaje.

_____

_____

_____

_____

_____

_____

_____

_____

_____

_____

_____

_____

_____

2. ¿Cómo debe ser el maestro que cree en esta teoría?

_____

_____

_____

_____

_____

_____

_____

_____

_____

_____

Capítulo VI: Teoría cognoscitiva

A. Cognoscitiva

1. Exponente o exponentes máximos

Jean Piaget

Fue un psicólogo que nació en Suiza en el año 1896 y murió en el 1980. Se licenció y se doctoró (1918) en biología en la Universidad de su ciudad natal. A partir del año 1919 inició su trabajo en las instituciones psicológicas de Zurich y París, donde desarrolló su teoría sobre la naturaleza del conocimiento.

Piaget publicó varios estudios sobre psicología infantil y, basándose fundamentalmente en el crecimiento de sus hijos, elaboró una teoría de la inteligencia sensoriomotriz que describía el desarrollo espontáneo de una inteligencia práctica. La misma estaba basada en la acción que se forma a partir de los conceptos que tiene el niño de los objetos permanentes del espacio, del tiempo y de la causa.

Para Piaget los principios de la lógica comienzan a desarrollarse antes que el lenguaje y se generan a través de las acciones sensoriales y motrices del bebé, en interacción con el medio. Él estableció una serie de estadios sucesivos o etapas en el desarrollo de la inteligencia (Véase Tabla V: Etapas que surgen de la teoría de Jean Piaget).

2. *Idea Central*

El niño adquiere destrezas cognoscitivas mediante la interacción activa con el ambiente en el que se desarrolle.

3. *Explicación*

El desarrollo humano es la historia de la adaptación progresiva del individuo con el mundo mediante dos procesos el de asimilación y el de acomodación. El primero es el uso de respuestas ya aprendidas en situaciones conocidas y el segundo, es la modificación de la conducta en respuesta a las exigencias del entorno social. A medida que uno va pasando de etapa en etapa va adquiriendo información cuando se relaciona con el mundo y va desarrollándose. El individuo construye representaciones útiles y lógicas de su realidad. Tanto las representaciones como los conocimientos y las capacidades que se van adquiriendo se pueden describir con una serie de etapas en la teoría de Piaget. Su teoría se explica y se entiende, en términos de cuatro etapas, como un proceso continuo de cambios sucesivos. Las edades, así como los cambios, son márgenes promedio que reflejan el comportamiento y pueden ocurrir antes o después de lo que se indican en la teoría. Se puede observar que los cambios o transformaciones se dan en la mente humana. Esto quiere decir que la inteligencia cambia significativamente con el tiempo y con las experiencias en los diferentes períodos de la vida. Por ejemplo, con el tiempo el infante logra separar el yo del mundo, representar los aspectos en forma simbólica y aprovechar sus conocimientos en una forma lógica. Hacia al final de la etapa de operaciones concretas el niño comprende ideas como la conservación, resuelve problemas y maneja los números. En la etapa de la adolescencia ya han aprendido a manejar lo hipotético, realizan operaciones formales, contemplan el estado de lo que no existe, comparan lo ideal con lo real, se indignan profundamente cuando miran la capacidad de generaciones anteriores y les preocupa el propósito y el significado de la vida. Están convencidos del poder del pensamiento. Su egocentrismo se relaciona con la creencia de que la razón y la lógica ofrecen todas las respuestas y en la incapacidad de ver el punto de vista del otro porque no se pueden tener todas las respuestas. Esta creencia frecuentemente les trae problemas con sus padres y con los adultos. Las operaciones formales se manifiesta en sus preocupaciones por comprender el yo como abstracción, en una dependencia egocéntrica en la lógica y en un nuevo sentido de idealismo abstracto (Lefrancois, 2001).

Los cuatro factores que según Piaget conforman el desarrollo son:

- Equilibrio – Tendencia a nivelar la asimilación (responder de acuerdo con el aprendizaje anterior) y con la acomodación (cambiar la conducta para responder al ambiente).

- Maduración – Fuerzas genéticas que no determinan la conducta, pero que están relacionadas con el desenvolvimiento secuencial.

- Experiencia activa – La interacción con objetos y acontecimientos reales permite al individuo descubrir e inventar representaciones mentales del mundo.

- Interacción social – La relación con los demás lleva a la elaboración de ideas sobre el mundo, las personas y el yo.

4. Diseño, Modelo o Etapas de la teoría

Tabla V: Etapas que surgen de la teoría de Jean Piaget

Etapa	Edad aproximada	Características principales
Sensorimotora	0 a 2 años	• Inteligencia en acción. • Mundo de aquí y ahora. • Sin lenguaje, pensamiento, ni noción de la realidad objetiva al comienzo de la etapa.
Pre - operacional	2 a 7 años	• Pensamiento egocéntrico. • Razón dominada por la percepción. • Soluciones intuitivas más que lógicas. • Incapacidad para comprender las operaciones.
Operaciones concretas	7 a 12 años o 12 años	• Comprenden la conservación. • Lógica de clases y relaciones. • Comprensión de los números. • Pensamiento vinculado a lo concreto. • Desarrollo de la reversibilidad en el pensamiento.
Operaciones formales	11 o 12 a 14 o 15 años	• Completa generalidad del pensamiento. • Capacidad de manejar lo hipotético. • Razonamiento proposicional. • Desarrollo de un fuerte idealismo.

• Tomado del libro: Lefrancois G. R. (2001).*El ciclo de la vida.* México:
  I   ·   1 Th   Ed·

5. Principios

Los principios de la teoría cognoscitiva son:

a) Lo más importante es el proceso y no el producto.

b) Según se pasa de una etapa a otra el esquema llegará a ser más complejo, más abstracto y más realista.

c) Todos los individuos pasan por las mismas etapas, en el mismo orden, aunque la regulación de tiempo varíe de una persona a otra.

d) La edad de cada etapa es una aproximada.

e) Cada etapa se construye tomando como base a la anterior, y a su vez, constituye el fundamento para el siguiente.

f) El desarrollo cognoscitivo es el resultado de la asimilación y de la acomodación.

g) Cada etapa se caracteriza por una visión única del mundo después de la interacción entre la maduración y el ambiente.

h) En cada etapa la organización y la estructura del pensamiento infantil difieren cualitativamente.

i) El individuo logra llegar a cada etapa de acuerdo con su propio ritmo.

6. *Críticas*

Piaget es considerado como el primer experto del mundo, en materia de pensamiento infantil. Logró elaborar un detallado esquema del desarrollo intelectual. Ha inspirado ha varios investigadores a llevar a cabo investigaciones y ha estimulado innovaciones prácticas en la educación.

Hay quienes creen que no existen tipos puros y que es prácticamente imposible encontrar un niño que posea todas las características que definen cada una de las etapas. Lo que se encuentran son tendencias de aprendizajes consistentes en determinada etapa. Se dice que él se refiere fundamentalmente a las habilidades del niño "promedio". Además, no habla mucho sobre el desarrollo emocional y de la personalidad. Lo hace sólo cuando considera el desarrollo cognoscitivo.

El profesor Rolando García en su artículo: **Las dificultades de aprendizaje: Un tema crucial en las aulas primarias y media** señala que la secuencia de etapas que propone Piaget no es tan estática ni tan completa como él afirmaba (Sprithall, 1996). Muchos autores han señalado que esa secuencia universal que va desde el principio hasta el final solamente se encuentra para la etapa sensorimotora.

Piaget es criticado porque sus ideas surgieron de sus observaciones acerca de sus tres hijos utilizando en una forma personal, el método clínico. Otros críticos afirman que Jean Piaget le prestó demasiada importancia al desarrollo motor y muy poca a la percepción.

En resumen, la descripción de las etapas del desarrollo intelectual ayudan a los maestros y a los padres a entender el funcionamiento cognoscitivo, aunque no siempre son una descripción exacta de las capacidades de los niños.

7. *Implicaciones educativas*

a). Rol del maestro

Su papel se considera trascendental en el proceso del desarrollo del niño ya que tiene que presentarle aquello que debe aprender de forma asimilable, de acuerdo con sus estructuras mentales o con la etapa en que se encuentre.

b). Rol del estudiante

Tiene que ser activo; es decir, tiene que actuar, manipular, utilizar herramientas para que su cerebro se desarrolle.

c). Utilidad en la educación

Esta teoría señala que el desarrollo de cada una de las etapas depende de la actividad. En otras palabras, para que un niño aprenda tiene que involucrarse en actividades adecuadas. Piaget puntualizó que: "la actividad produce desarrollo cognoscitivo". Por ese postulado ha pasado a la historia de la educación como un defensor de la escuela activa.

Si el maestro comprende la verdadera esencia de cada una de las etapas sabrá qué enseñar y cómo hacerlo. Si quiere enfrentar a un niño con experiencias que faciliten su desarrollo, debe tomar en cuenta el tipo de pensamiento que predomina en el momento o etapa en que se encuentra el alumno.

El auténtico desarrollo solamente tiene lugar cuando el niño asimila las experiencias que proceden del ambiente y logra acomodarse en ellas.

B. Ejercicio de Práctica

1. Contesta las preguntas siguientes:

a) ¿Qué importancia tiene la teoría cognoscitiva de Piaget en el desarrollo de un individuo?

_____

_____

_____

_____

_____

_____

_____

_____

_____

b) ¿En qué forma esta teoría puede ser útil a un maestro?

_____

_____

_____

_____

_____

Capítulo VII:
Teoría biológica

A. Biológica

1. Exponente o exponentes máximos

a. John Bowlby

Nació en el año 1907 y murió en el 1990. Es uno de los siquiatras más importantes del siglo XX. Su teoría en la que combina la etiología con el psicoanálisis impactó enormemente los campos del desarrollo del niño, del trabajo social, de la sociología y de la psiquiatría. Él, junto a otros colegas, investigó los efectos de la calidad de nuestras relaciones tempranas en la vida adulta.

b. Wilson

Nació en Connecticut en el año 1949. Es casado con Anne B. Clark y tiene dos hijos. Actualmente vive en New York. Obtuvó un Bachillerato de la Universidad de Rochester en el año 1971 y un doctorado de la Universidad del Estado de Michigan en el 1975.

Es profesor del Departamento de Biología y Antropología de la Universidad dc Binghamton en New York. Él usó la teoría evolutiva para estudiar diversos temas, tales como: el comportamiento humano, el altruismo y la naturaleza de las diferencias individuales. Es más conocido por su teoría selectiva de multiniveles. En ella expone que los ingredientes de la variación evolutiva, la herencia, y el arreglo de las diferencias individuales pueden existir en todos los niveles de la jerarquía biológica desde los genes hasta los ecosistemas.

Wilson fue influenciado por la teoría de evolución humana de Darwin.

Él ayudó a organizar un programa amplio de estudios de la evolución con estudiantes graduados y sub - graduados.

2. *Idea Central*

Las conductas sociales tienen una base biológica que se comprende en términos evolutivos. Un ejemplo es la formación del vínculo de apego (primeros lazos emocionales entre madre e hijo).

3. *Explicación*

Bowlby aplica la genética y la evolución a la comprensión del desarrollo y del comportamiento humano. Es decir, él sostiene que la conducta social humana es el producto de una larga historia evolutiva que tiene sus bases genéticas. Este planteamiento lo califica como un etólogo.

Wilson es un sociobiólogo que expone que todos somos altruistas porque ayudamos a lo demás en la supervivencia del grupo. Tanto los etólogos como los sociobiólogos exploran las causas de la conducta en las tendencias y en las capacidades que son determinadas por la genética. Ambos sostienen que los patrones de conducta humana que expresan dominio, territorialidad, cuidado del hijo, apareamiento y agresión muestran un ligero matiz de cultura aprendida sobre un patrón genéticamente heredado. Por tanto, el flirteo, así como la conducta agresiva, forman parte de un patrón programado de cortejo y de defensa territorial.

4. Diseño, Modelo o Etapas de la teoría

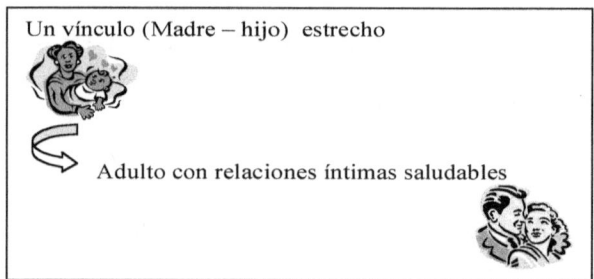

Un vínculo (Madre – hijo) estrecho

Adulto con relaciones íntimas saludables

Figura III : Relación que existe entre el vínculo entre madre – hijo y las relaciones íntimas cuando son adultos

5. Principios

Los principios de la teoría biológica son:

a) Todo niño necesita establecer un vínculo con su madre o padre para crecer y desarrollarse saludable.

b) El desarrollo intelectual o cognoscitivo depende en gran parte del tipo de vínculo que el infante estableció con su madre o con su padre.

c) La privación maternal en los primeros años de

un niño puede repercutir negativamente en su desarrollo físico y cognoscitivo.

d)   Las conductas sociales de un adulto se relacionan con los vínculos que estableció en la infancia.

e)   Un niño que logró establecer un vínculo saludable con su madre o padre podrá tener relaciones íntimas efectivas.

f)   Algunas de las conductas sociales que manifiestan los individuos son genéticamente programadas.

6. Críticas

El razonamiento que utiliza esta teoría, cuando dice que las conductas ocurren porque fomentan la supervivencia genética de un grupo, es improbable. Para validar esta teoría es necesario establecer la presencia de genes altruistas por algún medio no relacionado con las conductas que se supone que se explican por la presencia de ciertos genes; esto no se ha hecho. La ciencia no ha logrado demostrar que determinados genes o grupos de genes son los responsables de algunas conductas.

Según otros teóricos, la conducta humana no se puede

decir que sea instintiva, pero, aunque no podemos calificarla como tal, no significa que no lo sea.

7. *Implicaciones educativas*

a). Rol del maestro

Debe de mantener una relación afectuosa y cálida con sus estudiantes. Debe crear un ambiente estimulante en su salón de clases. Esta información puede servir también, no sólo para entender y comprender a sus estudiantes, para orientar a los padres de los niños, especialmente a las madres solteras que tienen que reconocer que los niños necesitan amor, atenciones y relacionarse con ambos padres.

b). Rol del estudiante

El estudiante es una persona importante que necesita amor, atenciones por parte de los padres o sustitutos y de los maestros, principalmente en esas primeras etapas para tener un desarrollo social saludable. Se comportará adecuadamente en la sociedad cuando sea un adulto si recibe lo que necesita cuando es un niño.

c). Utilidad en la educación

La teoría sociobiológica sirve para explicar el amor

materno, las costumbres sexuales, la agresividad, el rencor y toda una gama de conductas sociales. Esta teoría nos ofrece una explicación de porqué los individuos manifiestan ciertas conductas cuando se relacionan con la sociedad. Nos señala que la habilidad para formar relaciones íntimas, más tarde cuando se es adulto, dependerá de la calidad de los vínculos que se forjen durante la infancia.

La personalidad de un individuo puede estar determinada por el vínculo madre e hijo o padre e hijo cuando este último es un bebé. Esa relación ayuda al desarrollo emocional e intelectual de los niños. Las investigaciones demuestran que el nivel de desarrollo cognoscitivo del bebé se relaciona con la habilidad de establecer vínculos.

Esta teoría ha producido varias investigaciones que sustentan la importancia que tiene la madre en los cuidados consistentes, dentro de en un ambiente estimulante.

Cuando se intentó enriquecer el ambiente de huérfanos se dieron resultados de notables ganancias para el desarrollo emocional e intelectual de los niños (Papalia y Odds, 1998). Los estudios señalan que el vínculo padre – hijo es importante aunque ha recibido menos atención empírica.

Todo lo anterior adquiere importancia para la educación porque sugiere que los maestros deben ofrecer un ambiente estimulante a los estudiantes en el que se le ofrezca atención y afecto. Debe proveerle atención adecuada a sus necesidades físicas, jugar con ellos, hablarles y entrenarlos. Si lo que se desea es formar individuos que socialmente puedan funcionar trabajando en su comunidad, se casen y tengan una familia el maestro debe ser cálido y afectuoso para compensar la ausencia de la relación madre – hijo porque los maestros fungen como padres sustitos mientras los niños están en la escuela.

El desarrollo social es parte del desarrollo integral que deseamos lograr en los estudiantes.

B. Ejercicio de Práctica

1. ¿En qué forma las teorías biológicas han contribuido
    en el área de la educación?

    _____

    _____

    _____

    _____

    _____

    _____

    _____

    _____

    _____

2. ¿Cómo afecta al desarrollo emocional de un individuo
    el establecer vínculos de apego con sus padres o con
    adultos que los sustituyan?

    _____

    _____

    _____

    _____

    _____

    _____

Capítulo VIII:
Teoría de sistemas ecológicos

A. Sistemas ecológicos

1. Exponente o exponentes máximos

a. Urie Bronfenbrenner

Nació en Rusia en el año 1917. Se mudó a los Estados Unidos a los 6 años. Obtuvo un Bachillerato en la Universidad de Cornell en el año 1938 con una doble concentración en sicología y en música. Su maestría la hizo en Harvard y el doctorado en la Universidad de Michigan en el año 1942. Le otorgaron varios doctorados ¨honoris causa¨ en universidades americanas y europeas. La Asociación de Psicólogos Americana ofrece un premio con su nombre anualmente.

A Bronfenbrenner se le llamó el padre del programa nacional de "Head Star". ¨Éste fue creado para ayudar a los niños y familias de escasos recursos.

Bronfenbrenner estudió la sicología de los niños, examinó la antropología de la familia y de la sociedad, así como otros temas relacionados. En el año 1979 desarrollo la teoría ecológica de desarrollo humano. Es autor y co - autor de 300 artículos y 14 libros.

Con su esposa Liese tuvo 6 hijos. Su hija Kate fue la directora de las investigaciones de educación laboral en Cornell. En su honor se creó un Centro de investigaciones llamado **Bronfenbrenner Life Course Centre** (BLCC).

En el momento de su muerte, a los 88 años, era profesor emeritus de psicología del desarrollo humano en la Universidad de Cornell. Murió el 25 de septiembre del año 2005 en su casa de Ithaca, New York.

b. Lev Semiónovich Vygotsky

Nació el 17 de noviembre de 1896 en Orsha, cerca de Minsk, (Bielorrusia). Cursó estudios en la Escuela de Medicina de Moscú y, posteriormente, se inscribió en la Escuela de Abogados y, simultáneamente,comenzó a estudiar literatura. Se traslada a Gomel para trabajar como profesor de literatura hasta el año 1923. En este lugar fundó un laboratorio de psicología en la escuela de profesorado e inició las conferencias sobre psicología pedagógica. Luego regresó a Moscú para trabajar en el Instituto de Psicología.

Lev Semiónovich padeció de tuberculosis, enfermedad que posteriormente acabaría con él. En el año 1924 se realizó el "II Congreso de Psiconeurología", donde presentó su trabajo "Métodos en la investigación reflexológica y psicológica". Este trabajo causó gran revuelo y como resultado pasó a formar parte del Instituto de Psicología de Moscú. Junto con Luria y Leontiev formó la llamada "Troika" de la Escuela Vygotskiana. Sus investigaciones se centran en el pensamiento, el lenguaje, la memoria y el juego.

En el año 1934 fue nombrado director del departamento de psicología del Instituto de Medicina Experimental de la Unión Soviética. Su trabajo más conocido fue **"Pensamiento y Lenguaje"**, publicado al poco tiempo de su muerte. Igual notoriedad alcanzó su escrito **"La crisis de la Psicología"**. En ella hizo una crítica sistemática de toda la tendencia y de la corriente en la psicología europea del momento.

2. *Idea Central*

La ecología del desarrollo es el estudio de la adaptación de una persona al entorno (cultura).

3. *Explicación*

Tanto Vygotsky como Bronfenbrenner le atribuyen un importante papel a la cultura en la determinación de los procesos y de los resultados del desarrollo humano. Establecieron que la competencia cognoscitiva de una persona va a depender de la cultura. Un indígena que demuestre ser inteligente y estar bien adaptado no necesariamente funcionará en otro lugar. En otras palabras, el hombre interactúa con el ambiente.

Para este teórico el sistema ecológico está formado por interacciones en cuatro niveles de contexto (Véase los niveles en la tabla VI: Niveles de contexto en la teoría de Bronfenbrenner). El desarrollo humano consta de una serie de cambios constantes que él llamó acomodaciones. Esto ocurre cuando el individuo tiene interacciones con el contexto inmediato. Los niveles de contexto son desde el inmediato hasta el más remoto.

Vygotsky concluyó que interpretamos al mundo aprendiendo los significados compartidos de quienes nos rodean. Los individuos construyen los significados comunes de los objetos y de los acontecimientos, transmitiéndolos luego por medio del lenguaje. Creía que las actividades humanas se llevan a cabo en ambientes culturales y no pueden entenderse separadas de éstos. Estableció que nuestras estructuras y procesos mentales específicos pueden trazarse a partir de las interacciones con los demás (Woolfolk, 2004). Las interacciones sociales influyen en el desarrollo cognoscitivo porque crean nuestras estructuras cognoscitivas y los procesos de pensamiento. En resumen, él explica como los procesos sociales intervienen en la formación del aprendizaje y del pensamiento, en las fuentes sociales del pensamiento y en el papel que juega el lenguaje en el aprendizaje y en el desarrollo. Para él la interacción social es más que una influencia; es el origen de los procesos mentales superiores.

Vygotsky consideraba que las herramientas culturales, incluyendo herramientas reales (reglas, sellos, las computadoras, el internet) y las herramientas simbólicas (los números y los sistemas matemáticos, el sistema braille, los mapas, los signos, y códigos, las obras de arte y el idioma) tienen un rol importante en el desarrollo cognoscitivo. Él enfatizó en las herramientas que ofrece la cultura para motivar el pensamiento.

Por otro lado, el consideraba que la autorregulación se desarrolla en tres fases, a saber:

- La conducta del niño está regulada por los demás (los padres, mediante el lenguaje y otras señales o gestos).

- El niño aprende a regular el comportamiento de los demás utilizando las mismas herramientas de lenguaje. Usa el discurso externo para regularlos y el discurso privado para regular su propia conducta.

- El niño aprende a regular su propio comportamiento, utilizando un discurso silencioso.

Vygotsky estableció dos niveles del desarrollo cognoscitivo:

1. Nivel real de desarrollo del niño. Éste está determinado por la solución independiente de problemas.

2. Nivel de desarrollo potencial. Éste está determinado por el tipo de problemas que el niño puede resolver bajo la dirección de los adultos o con la colaboración de un compañero más capaz.

Según él, en cualquier nivel de desarrollo existen problemas que el niño puede resolver si tiene ciertos indicadores, estructura, recordatorios, ayuda para recordar los detalles o pasos, motivación, etcétera. Algunos problemas no los podrá resolver.

Vygotsky señala que la zona de desarrollo próximo es el área donde el niño no es capaz de resolver un problema por sí solo, pero podría resolverlo si tuviera la ayuda de un adulto o de un compañero que esté en un nivel más avanzado.

4. Diseño, Modelo o Etapas de la teoría

Tabla VI: Niveles de contexto en la teoría de sistemas ecológicos de Bronfenbrenner

Nivel	Tipo de interacción	Ejemplo
Microsistema	El niño en interacción inmediata persona a persona.	La madre que le canta.
Mesosistema	Relaciones entre dos o más microsistemas.	Interacciones con el padre y con la madre.
Exosistema	Vínculos y relaciones entre dos o más entornos, uno de los cuales no comprende al niño.	Relaciones del padre con el patrón.
Macrosistema	La totalidad de todos los otros sistemas manifestados en las creencias, opciones, estilos de vida y costumbres de la cultura o subcultura.	La legislación de protección a la infancia, expectativas y requisitos de la cultura.

- Tomado del libro: Lefrancois G. R. (2001). *El ciclo de la vida*. México: Internacional Thomson Editores.

Tabla VII: Descripción de la función del lenguaje, según Vygotsky

Etapa	Función
Habla social (externa) (a los tres años)	Controla la conducta de los demás; expresa pensamientos y emociones simples.
Habla egocéntrica (tres a siete)	Puente entre el habla externa y la interna. Sirve para controlar la conducta propia pero se pronuncia en voz alta.
Habla interna (desde los siete años)	Habla privada; hace posible la dirección de nuestro pensamiento y conducta; participa en todas las funciones mentales superiores.

- Tomado del libro: Lefrancois G. R. (2001). *El ciclo de la vida*. México: Internacional Thomson Editores.

5. Principios

Los principios de la teoría de sistemas ecológicos son:

a) Las diferencias en el desempeño intelectual entre distintos grupos están en función de su interacción con las diferentes culturas o sub culturas que están caracterizadas por diversos tipos de procesos cognoscitivos.

b) La competencia cognoscitiva siempre es relativa a su cultura.

c) El temperamento, el tamaño o la apariencia, la edad, el sexo, la raza, las incapacidades y muchos otros factores provocan reacciones importantes y, por ende, cambios en el contexto.

d) Las culturas nos hacen humanos.

e) El lenguaje es la herramienta más importante de las culturas humanas.

f) El lenguaje posibilita el pensamiento.

g) La zona de crecimiento proximal comprende la gama de tareas que puede realizar el individuo si tiene una asistencia adecuada.

6. Críticas

El que las teorías de los sistemas ecológicos planteen el cómo afecta la presión social a las posibles interacciones de la familia es una de sus ventajas; pero requieren un análisis cuidadoso de un número infinito de interacciones muy complicadas.

La teoría de Bronfenbrenner, a pesar de su complejidad, no específica los mecanismos exactos a través de los cuales los múltiples factores influyen interactivamente en el desarrollo. Aunque el modelo proporciona un marco general de cómo ocurren las interacciones ecológicas dirigidas a todos los niveles que él plantea, ha promovido muchos desafíos en los investigadores. Ciertamente, ofrece una de las bases más importantes que contribuye al desarrollo de la psicología evolutiva. Además, introduce una visión diferente del contexto y de su valor en el desarrollo, muy distinta a la que exponen los conductistas. Según algunos autores, le falta un grado mayor de concretización ya que no todo el mundo recibe lo mismo del ambiente ni interactúa con este igual (García, 2006).

El enfoque de Vygotsky permite establecer unos parámetros mucho más claros que los que formulan otros enfoques de estructuras lógicas para la investigación educativa. Su teoría puede aplicarse en aquellos salones de clase donde el maestro habla con sus estudiantes y utilizan el lenguaje para expresar lo que aprenden, donde se anima a los niños a que se expresen oralmente y por escrito y donde se valora el diálogo entre los miembros del grupo. Si el maestro no se comunica con sus estudiantes ni fomenta su expresión escrita o verbal no tiene vigencia la teoría. Es por eso que este enfoque exige una reconceptualización y una clarificación de la práctica educativa.

El señor Chudnovs (1980) lo critica exponiendo que no es la actividad por sí misma ni la interacción de los tipos de actividad, sino los cambios en la esfera motivacional del niño, que ocurren en la marcha de la actividad, los que condicionan el que puedan pasar a otro nivel del desarrollo psíquico.

Sin embargo, el hecho de que la finalidad práctica del proceso de aprendizaje sólo se puede realizar conjuntamente con otra persona que conoce más la tarea, ha impedido que se analicen con más cuidado los problemas de fondo que están en la base de la elaboración de sus planeamientos y a los que trata de dar respuesta.

El aceptar que el yo de las personas es una creación simbólica, como dice Vigotsky, es aceptar que somos modificables a través de la imaginación humana. Esto es imposible.

A Vygotsky se le considera como el principal critico de la teoría de desarrollo cognitivo de Piaget.. Él entendía que el desarrollo depende del aprendizaje, mientras que Piaget decía que el aprendizaje depende del desarrollo.

7. *Implicaciones educativas*

a) Rol del maestro

Con la ayuda de la teoría, el maestro entenderá y comprenderá la influencia de los cambios sociales en las relaciones e interacciones de sus estudiantes con los adultos y con los demás.

El maestro ayudará al estudiante a desarrollar el pensamiento y utilizará las herramientas necesarias para lograr el aprendizaje, especialmente el lenguaje. En otras palabras, ofrecerá el aprendizaje asistido.

El maestro creará el ambiente propicio para que los estudiantes puedan pensar y sentir apoyo de sus compañeros y del maestro.

b) Rol del estudiante

Logrará establecer las interacciones con los adultos y con los compañeros para lograr un desarrollo social saludable. Descubrirá por sí mismo lo que necesita aprender.

c) Utilidad en la educación

La teoría de Bronfenbrenner expone que los cambios en los microsistemas, con el tiempo, pasan a ser significativos para el individuo si hay cambios en el esquema de la familia, en la estructura de ésta, en la crianza de los hijos. Es claro que estos cambios van a influir de forma directa en los microsistemas. Si esto es así, el maestro debe tomarlo en consideración para entender cómo se relacionan los padres con los hijos y los cambios que ocurren en esta relación de acuerdo con los requisitos prevalecientes de la cultura y con las implicaciones de éstos en el desarrollo del niño.

Vygotsky cree vehementemente en el aprendizaje por instrucción a través de la enseñanza directa o de las experiencias de estructuración que apoyan el aprendizaje de los demás. Su teoría apoya las otras formas de aprendizaje cultural. Esto es importante para los educadores que enseñan de manera directa y que se preocupan por crear ambientes de aprendizaje para que los estudiantes sean capaces de hacer descubrimientos por sí mismos.

Para lograr que los estudiantes puedan buscar la solución de aquellos problemas que no puedan resolver, es recomendable colocarlos en situaciones donde tenga la necesidad de apoyo de otros estudiantes o del profesor.

El aprendizaje asistido o la participación guiada en el salón de clases requiere que el maestro dé información, indicadores, recordatorios y motivación, de forma gradual, en el momento adecuado. También deben adaptar el material o los problemas al nivel en que se encuentran los estudiantes. Deben ofrecer retroalimentación adecuada y plantear preguntas que reenfoquen la atención de los estudiantes.

Si se va a trabajar en grupos, se deben ofrecer los desafíos y la asistencia adecuada.

B. Ejercicio de Práctica

1. ¿En qué forma la cultura puede afectar el desarrollo cognoscitivo de un individuo?

_____

_____

_____

_____

_____

_____

_____

_____

_____

2. ¿Qué relación tiene el lenguaje con el pensamiento y con el desarrollo cognoscitivo?

_____

_____

_____

_____

_____

_____

Capítulo IX:
Teoría humanista

A. Humanista

1. Exponente o exponentes máximos

a) Abraham Maslow

Maslow nació el primer día de abril del año 1908, en Brooklyn, Nueva York. Es el primero de los sietes hijos de un matrimonio de inmigrantes rusos, devotos de la religión judía. Los padres de él quisieron que sus hijos tuvieran todo lo mejor en América. Su coeficiente de inteligencia era 195, el segundo más alto de la época.

Maslow estudió leyes, sólo para satisfacer a sus padres. Era amante de la música clásica y del teatro. Se casó con Bertha Goodman en contra de los deseos de sus padres, ya que ésta era una prima cercana. El matrimonio tuvo dos hijas.

En el año 1928, se mudaron a Wisconsin y es aquí donde estudia psicología. Obtuvo la licenciatura, el "master" y en el año 1934 el doctorado. Su tesis doctoral se basó en el comportamiento de los primates (psicología experimental). Este trabajo lo realizó junto a Harry Harlow

Abaraham Maslow trabajó como profesor en las Universidades de Wisconsin y Columbia. En esta última realizó trabajos con Edward L. Thorndike (conductista). Maslow se interesó por la investigación sobre la sexualidad humana. Se trasladó a Brooklyn (Nueva York) donde enseñó durante 14 años. Allí hizo contactos con muchos inmigrantes europeos, intelectuales, personas como Adler, Fromm, Horney, entre otros, la mayoría seguidores de la corriente gestáltica psicoanalítica.

En el año 1951, es nombrado en la Universidad de Brandeis presidente del Departamento de Psicología. Puesto que ocupó por 10 años. Allí conoció a Kurt Goldstein.

Durante el año 1962, escribió **Hacia una psicología del ser.** Más tarde, en el año 1964, escribió la obra **Religiones, valores y experiencia cúspide**.

En el año 1968, es elegido Presidente de la Asociación Americana de Psicólogos. Un año más tarde, se traslada a la Fundación Laughlin en Menlo Park, California. Posteriormente, en el año 1970, publicó el libro titulado **Motivación y personalidad.** Un año más tarde, escribió el libro **La amplitud potencial de la naturaleza humana.**

Maslow falleció el 8 de junio de 1970, a los 62 años, en California.

b) Carl R. Rogers

Carl Ransom Rogers nació el día 8 de enero de 1902 en el estado de Illinois en los Estados Unidos y muere en el año 1987. Su padre era un ingeniero civil y su madre ama de casa. Tuvo cuatro hermanos.

Desde muy pequeño demostró ser muy estudioso. Sabía leer antes de ingresar a la escuela. Sus padres estaban muy atentos a la educación de sus hijos. Por ello, deciden alejarse de los suburbios de Chicago y se trasladan a una granja que estaba ubicada al oeste de la provincia. Allí pasa su niñez y su adolescencia.

Inició estudios en agricultura en la universidad de Wisconsin. Esta carrera no lo convence por lo que cambia a una carrera religiosa. Durante sus estudios es elegido para viajar a China a la Conferencia de la Federación Mundial de Estudiantes Cristianos. Se quedó allí durante seis meses. El contacto con tantos maestros de oriente le hizo dudar a Rogers sobre su fe. Más tarde, luego de reencontrar su fe, ingresó al ministerio sacerdotal. Estudió historia con el fin de obtener más conocimientos.

Se graduó en el ministerio que profesaba y se casó con Helen Elliot. Sus padres no estaban de acuerdo con la boda, pero de todos modos lo hizo y se mudó a la ciudad de New York. Allí estudió en la Unión Teológica teorías relacionadas con su fe. Luego decide comenzar a estudiar psicología clínica en la Universidad de Columbia. Obtuvo el doctorado en el año 1931 y comenzó a trabajar en la Sociedad de Rochester en Prevención de la Crueldad Infantil, un programa que se extendió hasta el año 1941. Esa experiencia lo llevó a conocer las teorías de Theodore Reich y de Otto Rank. Más tarde su nombre es sugerido para el cargo de Profesor de Psicología en la Universidad Estatal de Ohio.

En el año 1942 escribió su primer libro: **"Consejería y Psicoterapia"**. De las ideas expuestas en esa obra, le surge la inquietud de crear un centro de consejería en la Universidad de Chicago. En el año 1951 publicó el libro **"Client-Centered Therapy: Its Current Practice, Implications and Theory"**.

En el año 1957 volvió a la Universidad de Wisconsin y trabajó como profesor de psicología. También se desempeñó, exitosamente, en el área siquiátrica de la universidad.

En el año 1961 publicó el libro **"On Becoming a Person"**. En el año 1964 es invitado a que trabaje como investigador en el Western Behavioral Sciences Institute, en California. Continuó trabajando en su terapia no directiva basada en el cliente. En el año 1980 publicó la obra **"A Way of Being"**.

2. *Idea Central*

Los humanistas consideran que las personas tienen la habilidad para manejar sus vidas y fomentar su propio desarrollo. Destacan las cualidades individuales para lograrlo mediante la selección, la creatividad, la evaluación y la autorrealización. Los teóricos humanistas creen que la naturaleza humana básica es neutra o buena y que cualquier característica negativa es el resultado del daño sufrido por el individuo en desarrollo. Todos los individuos son únicos y luchan por lograr el pleno desarrollo de sus potencialidades.

3. *Explicación*

Abraham Maslow señaló que los seres humanos tienen unas necesidades y que las mismas tienen una jerarquía. Comienzan con las del nivel más bajo (supervivencia), luego las necesidades de logro intelectual y después a la autorrealización que es el nivel más alto.

Las necesidades básicas son las fisiológicas. Si éstas no están satisfechas, el individuo no está consciente de la existencia de las otras en los niveles superiores (metanecesidades), Según la pirámide las superiores son la protección y la seguridad. Él afirma que este orden es universal y hasta que el individuo no logre satisfacer una necesidad no pasará al nivel siguiente. La autorrealización es una de las metanecesidades más importantes, por ello es fundamental para el desarrollo humano. Para Maslow "la gente que ha llenado esta necesidad se puede describir en forma vaga como la que emplea y aprovecha cabalmente sus talentos, capacidades, posibilidades etc," (Lefrancois, 2001). Se define a la autorrealización como el proceso de transformación, de desarrollo, de fomentar posibilidades, de alcanzar la conciencia personal, de crecer. Es como un proceso que guía la dirección del desarrollo más que una etapa por alcanzar.

Rogers, por su parte, sostuvo la idea de que todo ser viviente tiene el potencial innato de crecimiento. A esto él lo denominó tendencia a la actualización que impulsa al organismo a desarrollar sus capacidades en formas que sirven para mantenerlo y hacerlo atractivo. El organismo sigue un curso predecible de desarrollo y éste se manifiesta física y psicológicamente. El potencial de crecimiento y de desarrollo del yo nos motiva a conservarnos, mantenernos y a realizarnos. Rogers establece que el yo es que una fuente de motivación, además de los impulsos de tipo orgánico y de las condiciones del ambiente. Por ende, satisfacer los requerimientos del yo contribuye al bienestar personal.

Hay otro proceso que según el se relaciona con la actualización. Éste es el que permite que se valoren las cosas. El mismo depende de las experiencias y de como sean las mismas. Si el proceso de valoración como un todo está funcionando bien hace que la persona elija lo que promueve y sostenga la vida y consiga el bienestar.

Rogers presenta unas condiciones que deben estar presentes en las personas con quienes nos relacionamos y que queremos que cambien. Una es la empatía, que permite que se comuniquen con otros demostrándole que entienden las emociones por las que están pasando. La otra es la autenticidad, congruencia o sinceridad. Ésta se refiere a que lo que demostramos ante la persona que deseamos ayudar sean sentimientos genuinos y honestos. Otra condición es el respeto positivo. Según Rogers éste nos lleva aceptar a los demás tal y como son, sin juzgarlos. Esto ayudará a que no se rompan los lazos de la comunicación.

4. Diseño, Modelo o Etapas de la teoría

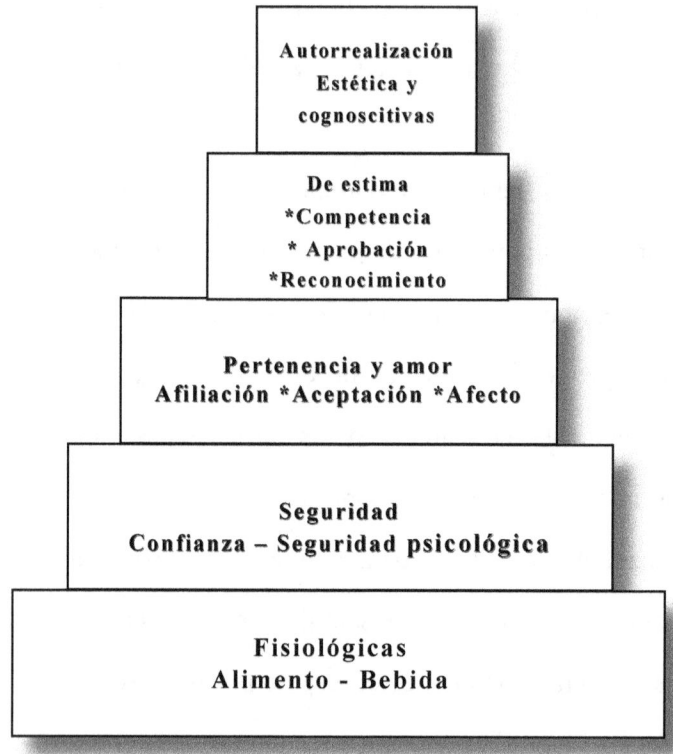

Figura IV: Jerarquía de necesidades de Maslow

Tomado del libro: Lefrancois G. R. (2001). *El ciclo de la vida*. México: Internacional Thomson editores.

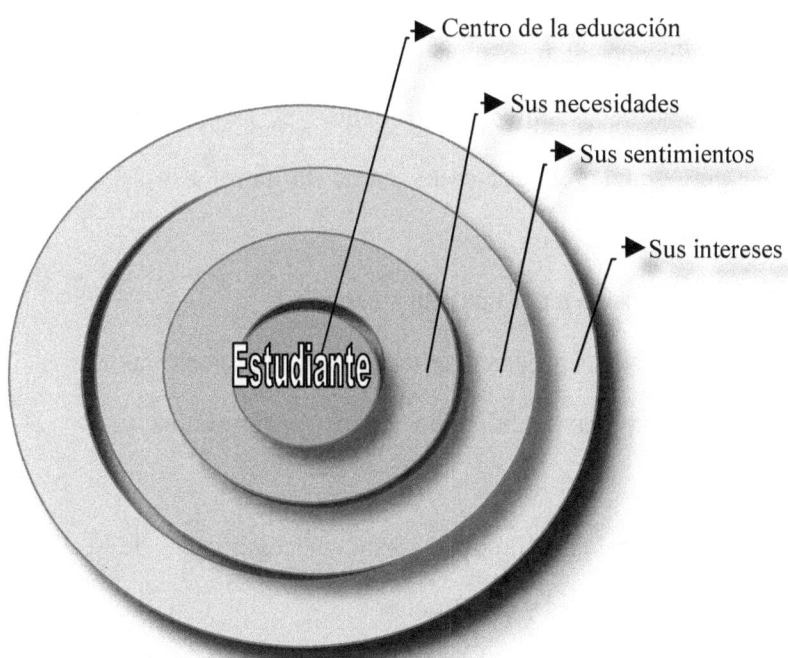

Centro de la educación

Sus necesidades

Sus sentimientos

Sus intereses

Estudiante

Diagrama IV : La teoría humanista es la que el ser humano en la que el estudiante es el centro de la educación

5. *Principios*

Los principios de la teoría humanista son:

a) La meta es la utilización y el desarrollo pleno de nuestros talentos y capacidades, o sea la autorrealización.

b) La autorrealización se puede atender después de satisfacer las necesidades de orden inferior.

c) Todos necesitamos amar y sentirnos amados.

d) Todos necesitamos experimentar el sentido de pertenencia en contextos como la familia y la comunidad.

e) Es necesario tener una alta autoestima.

f) Las personas necesitan obtener respuestas positivas sobre la personalidad por parte de familiares y amigos.

g) La naturaleza humana consta esencialmente de impulsos sanos y constructivos.

h) Las condiciones de valor son importantes para el ser humano, especialmente para que pueda aprender.

i) La formación del yo depende de la familia, de los maestros y de otros adultos.

j) La tendencia de crecimiento y de desarrollo se manifiesta física y psicológicamente en el ser humano.

k) El centro de la educación es el ser humano.

l) Lo más importante en toda relación es ser auténtico y al mismo tiempo aceptar a los demás tal y como son.

6. *Críticas*

Se ha criticado la teoría de Maslow porque sostiene que no todos los seres humanos se comportan como indica la teoría. Pero a pesar de esto, esta teoría nos brinda la oportunidad de ver como un todo al estudiante.

Otra critica a la teoría de Maslow es que él no indica con claridad cuando es que ocurre la autorrealización, si es cuando se completa una tarea o cuando se termina la vida. Tampoco clarifica si en ese proceso se hace un recuento de lo logrado.

Algunos críticos argumentan que el humanismo no es científico como el conductismo, sino más bien que lo que ofrece es una descripción general de la condición humana. Otros sostienen que esta descripción es vaga, poco confiable y que aporta poco al avance de la psicología como ciencia.

No obstante, Rogers ha influenciado mucho al campo de la psicología. Su método, centrado en el cliente, puso de moda el respeto de los derechos del cliente, del paciente o del estudiante. Sin embargo su idea del yo bueno, que no se desdobla, que lo único que necesita es ser aceptado, ha sido criticado por ser ingenuamente optimista. Según la crítica, la misma ofrece pocas sugerencias directas para el mejoramiento propio o para promover el cambio de personalidad en otros. No dice claramente cómo se llega a un estado de congruencia. Este modelo, como se fundamenta en la interacción humana, podría convertirse en una herramienta peligrosa.

7. *Implicaciones educativas*

a) Rol del maestro

El debe ser empático con sus estudiantes y auténticamente genuino. Para él, el estudiante debe ser lo más importante. Necesita reconocer que éste es un ser humano que siente, padece y que está creciendo. Debe aceptarlo y respetarlo tal y como es.

b) Rol del estudiante

Es el centro de la educación. Todo gira alrededor de los intereses y de las necesidades de cada uno de ellos porque lo que se desea es que aprenda.

c) Utilidad en la educación

El humanismo reconoce la importancia del yo y le da un énfasis en el carácter único de cada individuo. Maslow, como humanista, ve al estudiante de forma global. Puntualiza que las necesidades fisiológicas, emocionales e intelectuales están interrelacionadas. Si un maestro entiende esto, entonces procurará que el estudiante llene sus necesidades básicas para poder llenar las otras necesidades que le siguen en la jerarquía de Maslow. Por otro lado, hay que reconocer que para un niño es más importante la seguridad. Hay que brindársela porque de lo contrario los estudiantes, en el caso de que la escuela completa sea un lugar amenazante e impredecible, estarán más preocupados por la seguridad que por aprender.

Otra necesidad que tienen los alumnos es pertenecer a un grupo social y mantener una estima alta dentro del mismo. Si lo que indica el profesor o la escuela está en desacuerdo con las reglas del grupo, entonces los estudiantes pudiesen optar por no hacerle caso a los administradores o al profesor, incluso podrían desafiar la autoridad. Si un maestro conoce esta información debe de ser más cuidadoso en lo que exige o lo que le solicita a sus estudiantes; igualmente, quienes dirigen la escuela.

Rogers señala que la educación debe concentrar su atención en el desarrollo de las condiciones que promueven el aprendizaje. Para él, son más importantes para adquirir conocimientos las experiencias y emociones de los estudiantes que la capacidad de pensamiento y de lectura. Él dice que aprendemos solamente aquello que es importante y relevante. Si los maestros son capaces de crear las condiciones de empatía, respeto positivo y de autenticidad o congruencia, los niños estarán libres para aprender. Si somos capaces de eliminar las inhibiciones, que generalmente imponemos al comportamiento de los estudiantes, se producirá en éstos un aprendizaje autodirigido. Las figuras de autoridad que castigan o critican con el fin de alentar un comportamiento podrían generar sentimientos negativos y una concepción distorsionada del yo. Las introspecciones limitan el concepto propio y bloquean el potencial de desarrollo. El maestro debe diferenciar la desaprobación del comportamiento de la desaprobación de la persona. El maestro puede ayudar a sus estudiantes a encontrar su verdadero yo y a que sea plenamente funcional cuando trata de que logren tener los atributos siguientes:

- Tener un "locus" interno de evaluación, ser autónoma, tener su propio estilo de vida y ser capaz de vivir, según el proceso.

- Tener una vida existencial. Para Rogers quiere decir acentuar el presente y permitir que las experiencias revelen su significado, en vez de imponerle un significado a las mismas.

- Usar el proceso de valoración orgánica para emitir juicios.

- Tener sentido de libertad verdadera.

- Tener mayor espontaneidad y creatividad.

- Tener una buena vida, llena de retos, provechosa, con significado y emocionante.

B. Ejercicios de Práctica

1. ¿Cuáles son los dos humanistas que estudiamos en este capítulo? ¿En qué consisten sus aportaciones a la educación?

_____

_____

_____

_____

_____

_____

_____

_____

_____

_____

_____

_____

_____

_____

2. ¿Cuáles son los principios que debe seguir un maestro
que quiera aplicar esas teorías?

_____

_____

_____

_____

_____

_____

Bibliografía

Aportaciones de Skinner (2006). Recuperado el 25 de mayo de 2006, de http://www.ctascon.com/Aportacionesde skinner. pdf.

Anderson L.W. (2002). *Havighurst, Robert J. (1900-1991).* Recuperado el 25 de mayo de 2006, de Families .com

Bandura, A. (1998). Self – efficacy. En H. S. Freedman (Ed.) Enciclopedia of mental Health (vol. 3) San Diego: Academic Press.

Biografías y Vidas (2004). *Biografía de Sigmund Freud.* Recuperado el 31 de mayo de 2006, de http://www. biografiasyvidas.com/monografia/freud/

Bowlby, J. (1989). *Secure attachment.* New York: Basic Books.

Bronfenbrenner, U. (1986). Ecology of the family as a context for human development. *Developmental Psychology*, 22,723-742.

Córman M. (2006). *Bases psicológicas del currículo de educación inicial.* Recuperado el 31 de mayo de 2006, de   http://www.huascaran.edupe-boletin-o_link-b_16-basespsicologicas.pdf.

Craig, G. J. (1999). *Desarrollo psicológico.* México: Prentice Hall.

Epinoza Ética *¿Qué estudia la psicología? ¿ Cuál es su objeto? ¿Qué hace el psicólogo?.* Recuperado el 25 de mayo de 2006, de http: //www.mononeurona.org/index.phd?id=31

García E. (2006). *Las dificultades de aprendizaje: Un tema crucial en las aulas primarias y media*. Recuperado el 29 de mayo de 2006, decapcitación/Dif_aprendizaje/documentos/tema-crucial.pdf.

Gautier, R. (2001).*Traducción al castellano de Teorías de la personalidad*. Recuperado el 31 de mayo de 2006, de http://www.ship.edu/~cgboeree/skinneresp.html

Giansante ,G.(2006).*Psicología evolutiva*. Recuperado el 25 de mayo de 2006, de gggiansante@hotmail.com

González Rey, F. (2006). *Vygotsky Presencia y continuidad de su pensamiento.:* Idea Sapiens. Recuperado el 25 de mayo de 2006, de http://www.ideasapiens.com

Havighurst, R., Bernice, L.N. & Sheldon, S.I. (1968). *Disengagement and Patterns of Aging*. Chicago: University of Chicago Press.

Lefrancois G. (2001). *El ciclo de la vida*. México: International Thomson Editores.

Macionis, J. & Plumener, K. (1999). *Sociología*. España: Prentice Hall.

Maslow, A. H. (1954). *Motivation and personality*. New York:

Harper & Row.

Morea L. (1997). *Psicología educativa*. Recuperado el 25 de mayo de 2006, de Monografías .com

Papalia, D. & Odds, S.W. (1998). *Psicología del Desarrollo*. México: Mc Graw Hill.

Pavlov, I.P. (1927). *Conditioned reflexes*. New York: Dover.

Pavlov, I.P. (1927). *Conditioned reflexes*. New York: Dover.

Piaget, J. (1952). *The origins of intelligence in children*. New York: International Universities Press.

Rogers, C.R.(1961). *On becoming a person*. Boston: Houghton Mifflin.

Santrock, J.W. (2002). *Psicología de la educación*. México: Mc Graw Hill.

Shaffer, D. R. (2000). *Psicología del desarrollo*: *Infancia y adolescencia*. México: International Thomson Editores.

Skinner, B.F.(1938). *The behavior of organisms*. New York: Appleton – Century – Carafts.

Sprinthall. N. et. al. (1996). *Psicología de la Educación*. España: Mac Graw Hill.

Vigostky, L.S. (1987). Thinking and speech. En R. W. Rieber y A. S. Cartón (Eds.) The collected works of L.S. Vygotsky: New York: Plenum.

Watson (1924).*Skinner y el punto de vista de los conductista*. Recuperado el 25 de mayo de 2006, de http://www.arrakis. esl-afr1992/horizonte2001/skinner.htm

Wilson, M. (1999). Cultural diversity. En A. Kasdin (Ed.). Enciclopedia of psycholgy Washinton D. C. y New York: American Psychological Association and Oxford U. Press

Woolfox, A. (2004). *Psicología educativa*. México: Pearson Educación